Eva Strittmatter

Einst hab ich drei Weiden besungen

Gedichte

Aufbau Taschenbuch Verlag

Ausgewählt von Eva Strittmatter

ISBN 3-7466-1007-9

5. Auflage 1999
Aufbau Taschenbuch Verlag GmbH, Berlin

Einbandgestaltung Torsten Lemme
unter Verwendung des Gemäldes „Worpsweder Bauernmädchen unter einem Weidenbaum“ von Otto Modersohn

Typographie Christa Wendt
Satz LVD GmbH, Berlin
Druck Elsnerdruck GmbH, Berlin
Printed in Germany

Inhalt

Ich mach ein Lied aus Stille

Die eine Rose überwältigt alles

Zwiegespräch

Heliotrop

Atem

Weiden

Für Winfried Ziemann

Einst hab ich drei Weiden besungen.
Eine ist nur geblieben.
Ich habe drei Weiden besungen.
So sind auch drei Weiden geblieben.

Ich mach ein Lied aus Stille

Beichte

Immer die gleiche Rose.
Immer das gleiche Gesicht.
Unterm wechselnden Monde.
Unterm wechselnden Licht.

Immer die gleiche Tollheit.
Immer der gleiche Traum.
Immer noch keine Weisheit.
Immer noch nicht: wie ein Baum.

Lupine

Lupinenblau – so war doch was
In meiner Kindheit. War es Glas?
Was war so blaß wie die Lupinen,
Die sich wie wild dem Licht zudrehn,
Wie blaue Flammen, die nicht brennen
Und doch so überschnell vergehn?
Glas war es, Steine, Glitzerkram,
Weiß nicht mehr, wie er an mich kam,
Weiß nur noch dieses bleiche Blau,
Die Sehnsuchtsfarbe. Morgentau
Im leichten Himmelslicht erstarrt.
Und ein Gefühl von solcher Art:
Glückstropfen, in der Faust zerpreßt,
Verloren. Doch es blieb ein Rest
Der Sehnsuchtsfarbe Lerchenblau.
Lupinen brennen unterm Tau.

Porträt

Meine Großmutter (die schöne)
Hab ich wie ein Bild gekannt.
Sie hatte (wie ich) viele Söhne.
Im Heusommer war sie holzbraun gebrannt.
Sie hatte Adleraugen.
Und hatte Gier im Blut
Auf Leute und auf Leben.
Und überdrauf war sie
Gut.

Kunsterspring

Wie waren die Wälder finster.
Und im Winter: wie waren sie weiß.
An den Wegrändern blühte der Ginster.
Und die Sommer: Die Sommer warn heiß.
Die Tage warn blau von Lupinen.
Und morgens war die Welt neu.
Wir aßen die Sonne. Und tranken den Regen.
Und schwammen im Juni im Heu.
Und damals gab es Libellen.
Und man sah sie zum erstenmal.
Und der Großvater erzählte von Quellen
Hinterm Walde. In einem Tal.
Die hatten auch einen Namen.
Der hieß Kunsterspring. Kunsterspring …
Und wie viele Jahre verkamen.
Und wieviel Leben verging.
Und der alte Mann ist hinunter.
Und ich weiß den Weg nicht mehr.

Doch ich suche den Spring noch immer.
Und mir ist, als ob ich ihn hör.

Kiefernwind

Der Kiefernwind klingt mir am reinsten,
Der Kindheitswind, der Katenwind.
Da war ich noch am allerkleinsten,
(In jenem Dorf, wo ich als Kind
Die Katzen kannte und die Hähne
Und auch den Singsang alter Fraun
Und wie da rochen *Strük* und *Späne*
Beim Backofen am Gartenzaun).
Da kannt ich schon die Kiefernstimmen,
Die redeten in alles rein.
Das Dorf schien klein im Wald zu schwimmen,
(Der konnte nur von Kiefern sein:
Es gab nur Sand mit ein paar Salzen,
Daran die Kiefer sich genügt.)
Und *sind* es auch die *alten Walzen:*
Mir wurde da was zugefügt
Vom traurigen Gesang der Kiefern
Beim Heidefriedhof, wo die Alten
Unter den billigsten Grabsteinen,
(Die noch zu teuer warn) *Rast halten.*
Sie lebten noch mit frommen Lügen …
Und sanft getäuscht saßen sie da,
Die Witwen mit den Wasserkrügen.
Die Toten waren ihnen nah.
Derweil die Särge längst zerfielen,
Die leichten Truhn von Kiefernholz,
Schwatzten die Altchen von den vielen

Kindern. Mit unverstecktem Arbeitsstolz
Maßen sie ihre Gräbergärtlein:
Eisblumen und Petunien.
Ihr Name stand schon auf dem Grabstein.
Sie werkelten nicht nur für ihn,
Dem sie im Guten und im Schlechten
(Und auch in *Gott*) verbunden waren.
(Sie wußten nichts von ihren Rechten
Nach soviel abgelittnen Jahren.)
Sie summten ihre simplen Sätze,
Vom Kiefernwind halb eingewiegt …

Ich denk an euch. Und scheu die Plätze,
Vater und Mutter, wo ihr liegt.

Rotdorn

Rotdorn meiner Kinderjahre.
Unterm roten Rotdorndach
Bin ich ein und aus gegangen.
Und der Rotdorn ging mir nach.
Roter Rotdorn meiner Kindheit.
Straßenbaum der kleinen Stadt,
Die ich liebte, die mich liebte,
Die mich aufgezogen hat.

Mark

Mich rühren die sandigen Wege
Im alten sandigen Land.
Die Heckenrosengehege.

Die Holderbüsche am Rand
Der alten Felderraine.
Die Gräser reden mir da
Von Zeiten, die warn noch nicht meine,
Als ich das Früheste sah:
Die Gräser. Und hörte die Lerche.
Und roch dieser Sande Geruch.
Seither schlepp ich diese Erde
Mit mir als Segen und Fluch.
Ich muß diesen Sand verwandeln,
Bis er schmilzt und Wort wird in mir.
Diese Erde läßt nicht mit sich handeln.
Ich komm nicht umsonst aus ihr.

Ginster

Frühlingswald. Lichtes Lärchengrün.
Sandweg. Bald wird der Ginster blühn.
Ginstergelb fängt der Juni an.
Brennt den Frühling aus,
Der grad begann.
Immer die Sehnsucht zu weit voraus.
Immer nur halb daheim und zu Haus.

Vor einem Winter

Ich mach ein Lied aus Stille
Und aus Septemberlicht.
Das Schweigen einer Grille
Geht ein in mein Gedicht.

Der See und die Libelle.
Das Vogelbeerenrot.
Die Arbeit einer Quelle.
Der Herbstgeruch von Brot.

Der Bäume Tod und Träne.
Der schwarze Rabenschrei.
Der Orgelflug der Schwäne.
Was es auch immer sei,

Das über uns die Räume
Aufreißt und riesig macht
Und fällt in unsre Träume
In einer finstren Nacht.

Ich mach ein Lied aus Stille.
Ich mach ein Lied aus Licht.
So geh ich in den Winter.
Und so vergeh ich nicht.

Ofenheizen

Feuern muß man in der Dämmerflüchte,
In der Lücke zwischen Nacht und Tag.
Sitzen so bei halbem Lichte
Nah dem Ofen. Im Verschlag,
Den die Bücherwände machen
Und das schweigsame Klavier.
Sinnen auf die alten Sachen:
Wer bist du und warum hier.
Birkenscheite muß man brennen.
Reine Birke riecht so gut.

Und doch sollte man sich trennen
Von Geruch und Rauch und Glut?
Von den Kindheitsdorfgerüchen:
Reisigrauch vom Backhaus her,
Und vom Holzrauch aus den Küchen
In der Herbstzeit. Abends. Schwer.
Aus der ewgen Welt der Rüben
Und Kartoffeln sollte man
Besser fliehn. Zu lang geblieben,
Und schon setzt man Wurzeln an.
Man wird schwer und man wird trocken
Und man seufzt: was ist ein Jahr.
Man bleibt hinterm Ofen hocken.
Alles ist so, wie es war.

Und die Scheinwelt der Maschinen
Lauert draußen irgendwo.
Leicht lernt man, sie zu bedienen.
Tod und Leben bleiben. So
Ziehn die Jahre uns nach unten
Und die Rüben. Nur der Rauch
Ist gegangen und geblieben.
Gehn und bleiben will ich auch.

Haus

Die Räume haben Frieden.
Die Tage gehn ein und aus.
Für eine friedliche Seele
Wär das ein friedliches Haus.

Weiden

Drei Weiden wachsen im Garten.
Dünn stehn sie gegen den Mond.
Sie sind noch keine Bäume.
Nichts was zu loben lohnt.
Zehn Schritte und das bleiche
Licht löscht die Gerten aus.
Ich habe schlimme Träume
In unserm alten Haus.
Die Weiden werden sich biegen.
Und was wird mit mir sein?
Sie werden Silberlaub kriegen
Und fangen den Mond damit ein.

Altes Lied

Wenn der Sturm kommt im Januar
Über den Hang,
Halten wir uns. Sturm im Januar
Macht einen bang.

Wenn der Schnee kommt im Januar
Über Dach uns und Wände,
Halten wir uns. Schnee im Januar
Macht Angst uns vorm Ende.

Wenn die Kälte im Januar
Kommt über unser Bette,
Halten wir uns. Wie wenn der Winter
Kein Ende nie hätte.

Kommt der Mai, kommt der Mai,
Geht alles vorbei.

Immer

Ich liebe immer.
Die Entzückungen der Seele,
Die in ein Auge sieht, das Antwort gibt,
Sie sind es, die ich schamlos stehle.
Und niemand weiß, wen ich geliebt,
Als nur der eine, den ich anseh
Für eine Stunde, einen Tag,
Und der mit eingeht in mein Fernweh,
Nach dem ich immer wieder frag.

Rätsel I

Ich sage, ich liebe dich,
Und ich sage, der Mond wärmt mich,
Und ich sage, der Regen steigt,
Und ich sage, wer spricht, der schweigt,
Und ich sage, was fragst du mich,
Und ich sage, ich liebe dich.

Liebe

Wie furchtbar auch die Flamme war,
In der man einst zusammenbrannte,
Am Ende bleibt ein wenig Glut.
Auch uns geschieht das Altbekannte.

Daß es nicht Asche ist, die letzte Spur von Feuer,
Zeigt unser Tagwerk. Und wie teuer
Die kleine Wärme ist, hab ich erfahren
In diesem schlimmsten Jahr
Von allen meinen Jahren.
Wenn wieder so ein Winter wird
Und auf mich so ein Schnee fällt,
Rettet nur diese Wärme mich
Vom Tod. Was hält
Mich sonst? Von unsrer Liebe bleibt: daß
Wir uns halten. Kein Gras
Wird auf uns sein, kein Stein,
Solange diese Glut glimmt.

Solange Glut ist,
Kann auch Feuer sein.

April I

Lila die Luft. Ein leiser Abend.
Wolke in Grün: Wald im April.
Und aus der Wolke ruft die Amsel:
Wo ist er, den ich rufen will.

Frage

Was bleibt mir, wenn die Liebe mich verläßt?
Wenn mich die Lust verläßt zu lieben?
Noch hat mir jedes leise Wort
Die Liebe eingeschrieben.

Freiheit

Ich kann dich lieben oder hassen –
Ganz wie du willst. (Kann dich auch lassen.)
Und du kannst schweigen oder sprechen.
Ganz wie du willst. Daran zerbrechen
Werd ich nicht mehr. (Ich kann auch gehn.)
Ganz wie ich will, wird es geschehn.

Schuld

Ach, wieviel Schuld in meinem Leben.
Wer wägt gerecht die eigne Schuld?
Wie schnell hat man sich selbst vergeben.
Doch das Gedächtnis hat Geduld,
Wenn andre uns mit Gram geschlagen.
Wir wissen noch nach tausend Tagen
Gewicht und Preis der fremden Schuld.

Schwäne

Indonesische Farben:
Ein Abend im Februar.
So ungeheure Himmel
Sieht man nicht jedes Jahr

In Blau, Türkis, Orange,
In Rot und Amethyst.
Und plötzlich fehlt mir lange
Schon einer, der mich küßt.

Die Schattenkiefern schwanken
Wie Palmen hin und her.
In meinen Taggedanken
War keine Liebe mehr.

Doch durch den heißen Himmel
Fliegt kalt ein Schwanenpaar.
Das jüngst vom milden Winde
Nach Nord verführet war.

Die beiden fliegen klagend.
(Eis birst im Flügelton.)
Schwarz ihre Schwingen schlagend,
Schwimmen sie durch den Mohn

Des Himmels in die Kühle
Syringenblau und grün.
Mit einem Herzgefühle
Seh ich die beiden ziehn.

Lerche

Die unermüdliche Amsel.
Ihre Schwester, die Drossel süß.
Der heimliche Vogel Pirol
(Der früher von Bülow hieß).
Die drei und die vielen andern:
Der klagende Wendehals
Und die gesegneten Schwalben,
Die Vögel des freiesten Falls ...
Die steigenden Vögel, die Lerchen.
Sie spinnen ihr zwietönig Lied,

Das sie, ein silberner Faden,
Aufwinds und wolkenwärts zieht.
Unterm Liede der schwindenden Lerche,
Im Mai, hab ich einmal gedacht:
Vielleicht ist die ganze Erde
Um der Lerche willen gemacht.

Mai I

Der Pirol flötet in der Frühe.
Die Höfe sind vom Flieder blau.
Und wenn ich mich hinausbemühe,
Fällt auch auf mich der Morgentau.

Mittsommer I

Am Abend arbeiten die Grillen.
Sägen den Tag um. (Das ist schwer.)
Was keiner kennt, wird sich erfüllen.
Leer
Ist der Himmel. Fledermäuse stürzen.
Steigen im Schatten. Steine schlafen ein.
Die wilden Düfte des Holunders würzen
Die Schummrung. Und die Nacht fällt ein.

Mittsommer II

Das grüne Augenlicht der Tiere.
Halbweiße Nacht in unserm Wald.
Die Dämmernis. Der Ginster. Farbenhalbschlaf.
Das Jahr ist jung. Das Jahr ist alt.

Wieder September

Ikonenfarben: Blauer Himmel
Und Apfelrot im grünen Baum.
Davor ikonenecht: ein Schimmel.
Der grast und lebt. Hat keinen Zaum
Und keinen Recken zu ertragen.
Kein Krieg um Gott zwingt ihn zum Stolz.
Septembertag, mit Gold beschlagen.
Und wie gemalt auf altes Holz.

Zeitgleiche

Grüne Spalte im Oktober.
Eines Abends: grünes Licht.
In den Bäumen tobt Zinnober.
Vogelgrün von Flaumgewicht
Kam durch einen Spalt gekrochen.
Eisluft. Glaswind. Alles wahr.
Doch ich hab den März gerochen.
Und nach Grün roch auch mein Haar.

November I

Die Blätter fallen so wie Vögel fliegen.
Sie schwärmen aus. Doch kehrn sie nicht zurück.
So fällt die Zeit von uns: Wir unterliegen.
Und merken spät: Auch wir sind zu besiegen.
Da strecken wir uns in der Stille noch ein Stück.

November II

Zwei letzte
Knospen hat der Rosenstrauch.
Die ersten
Rosenfrüchte leuchten wie
Kleine Winterfeuer auf.

Johanniskraut

Johanniskraut. Johanniskraut.
Ich kenne einen. Der heißt John.
Wär er von hier und hieß Johann.
Käme ich nicht davon.

Blinder Tag

Flughafen. Herbst. Ein Regenmorgen.
Und eine fremde Liebe. Grau.
Ein blinder Tag. Und graue Tränen.
Zu jung der Mann. Zu alt die Frau.

Seerose

Mein Freund, ich hätte Sie lieben sollen.
Leichter wäre der Sommer zu tragen.
Mondsee Seerose Rosenlicht.
So habe ich um niemand zu klagen.

Rätsel III

Meine Träume kennst du nicht.
Meinen Namen nennst du nicht.
Zwar du glaubst, daß du sie kennst.
Daß du meinen Namen nennst.
Doch ich träume mancherlei.
Und der Namen hab ich drei.

Abendwind

Ich wart auf dich im Abendwind,
Der weithin geht und fern beginnt,
Der von mir alles weiß und mehr.
Was ohne Worte ist und schwer,
Geweint hab ich es in den Wind,
Der weithin geht und fern beginnt.

Chagall

Alles kann man, was man will.
Und man kann die Welt besiegen.
Wenn man eine Liebe hat,
Kann man über Witebsk fliegen.
Man bemalt sich einen Schimmel
Mit zwei Rosen. Und hinauf
Springt man in den grünen Himmel.
Und der Himmel ist schon auf.
Man holt sich Musik herunter,
Die in einer Geige wartet.
Die ist oben und ist unten.

Rot und grün. Und so geartet,
Daß auch Fische fliegen müssen.
Und am Ende will die Zeit
Nichts mehr von den Uhren wissen.
Und der Tod ist noch sehr weit.

An die Freunde I

Denkt Ihr noch der Tiere von *Suchumi*?
All der klugen Kühe auf dem Weg
Unter unserm Traubengarten?
Und der Schweine auf dem Steg,
Der hinauf zum Himmel führte
(Und hin zur *Stolowaja*,
Wo wir Brot und Fisch einkauften)?
Was für Feste gab es da:
Abende, von Duft durchdrungen.
Nächte, isabellensüß.
Worte, Wind- und Wellenzungen.
Und wie jener Winkel hieß,
Wo wir warn am ersten Tage,
Aufgerührt vom ersten Wein
Und vom ersten Schuß *Adschika*
Durchgebrannt bis auf das Bein –
Wißt Ihr ihn und was wir hatten?
Was wir hatten unbegehrt?
Schweres Licht und leichten Schatten.
Und die Zeit erst halb verzehrt.

An die Freunde II

Ich will Euch sehn, Ihr Lieben, und Euch kennen,
So sicher, wie die eigne Hand
Die fremde kennt am *Jähentbrennen*,
An jenem unsichtbaren Brand,
Der durch die Adern jagt als *Liebe*.
Im Dunkel kennt da unsre Hand
Die fremde Hand so sehr, als triebe
Ein Leben durch die Zellenwand.

Sein

Ich sah die tote Stadt der Karaïmen,
Tschufut-Kalé, gewachsen aus dem Stein.
Hoch unterm Himmel Tauriens. Wie dem *Mimen*
War mir, der selig stammelt: *Sein!*
O Dasein unterm Himmel, in der scharfen
Und reinen Luft, die nach Jahrtausend schmeckt.
Inmitten toter Häuser, leeren Larven
Von Leben, das sich leis entdeckt
An tief in Stein gepreßten Spuren
Von Wagenrädern und im Baum,
Verwildert nun, doch einst gewartet.
In Baum und Stein bewahrter Traum.
Am Rand des Felsens bin ich da gestanden.
Südliches Gelb im Auge, abendlich.
Im Mund den Rausch von nichts als Leben.
(Das Licht. Die Luft.) Ich fühlte mich,
Als lebt ich lächelnd unter jenen,
Die hier gelebt, bedroht und schwer.
Die Zeiten schienen sich zu dehnen.

Und Fernen kamen zu mir her …
Der Tod war überflüssig. Näher
War ich dem Sein niemals als da.
Ein Stromstoß fuhr durch mich, ein jäher.
Ich war geblendet. Und *ich sah.*

Mai II

Ein grüner Tag. Und Mai. Und Rußland.
Und schon in Moskau fing es an:
Im grünsten Grün Milliarden Sonnen:
Die gelbe Blume Löwenzahn.
Hinauf nach Norden. Puschkins Wege.
Tannen und Birken. Ernstes Land.
Vielleicht wars hier (auf holznem Stege),
Wo Puschkin seine Sprache fand,
In der man sagt: das Gras ist grün.
Und sagen kann: die Blumen blühn.

Vielleicht

Vielleicht erinnert sich wer meiner.
Einer, der geht durch Leningrad.
Oder ein andrer in Kaluga.
Und wer in einer deutschen Stadt.
In dieser Stunde scheint mir sicher:
Wir sind Gefäß für fremden Wein.
In mir sind alle, die mich trafen.
So möchte ich in allen sein.

Nowgorod

Was weiß ich noch von Nowgorod?
Die erste weiße Nacht im Leben
Erlebte ich in Nowgorod.
Und blaue Kuppeln sah ich schweben
Am Ilmensee. Von einem Blau,
Blauer als tausend Überhimmel,
Und weiß wie hundert Wüstenschimmel
Waren die kleinen Kirchenmauern,
Die ihren toten Gott betrauern
Auf saubere und süße Weise.
Ein Glöcklein rief zur Weiterreise
Und rief mit kindlichem Gebimmel
Noch immer den gestorbnen Himmel.

Deutsche in Pskow

Für Lydia I. Gerassimowa

Ein Tag im Juni. Früher Tag.
Allein in einer fremden Stadt.
(Der Stadt Pskow. Pskow und Pappeln.
Silberlicht springt vom Pappelblatt.)
Pappeln und Flieder. Und der Fluß.
Und alte Mauern. Doch im Guß
Des Tages ist ein Sprung:
Alles hat hier *Erinnerung*.
Pappeln und Flieder, Fluß und Steine,
Verschweigt sie mir, daß ich nicht weine.

Puschkin. Erinnerung an Kazbegi

Und Gletscherkühle trifft mich wieder ...
Quellwasser vom Kazbeg weckt mich.
Im Terek treiben Puschkins Lieder.
Der Terek rauscht ...
Er aber sitzt im Birkenhain unterm Kazbeg.
Bronzeerstarrt. Verstaubt. Und lauscht
Dem Knarrn der Karren und dem heißen
Gespräch der Hirten, die jetzt bergwärts ziehn
Und sich im Herbst, im weißen
Mittag, gespensterstumm nach Norden mühn.
Millionen Schafe. Arbas, Autos.
(Tausend im Tag. Lang nicht mehr neu.)
Gehn und Vergehn. Es bleibt der Gletscher.
Und: Einst zog *Puschkin*
Hier vorbei.

Möglichkeiten

Und Möglichkeiten gibt es immer.
Nur nehmen wir sie selten an.
So selten sehen wir den Schimmer
Des Frühlichts über Tag und Tann.

Raps

Das sind die Dinge, die bleiben:
Gelb blüht der Raps im Mai.
Auf Riesenformaten treiben
Vincents Farben vorbei.

Wie wir in den Mai hinfahren,
Scheint es uns gewiß:
Alles wächst mit den Jahren.
(Und auch uns hat die Zeit nicht im *Biß*.)

September II

September ist der Sehnsuchtsmonat
Mit Fernendunst im frühen Licht.
Das Leben wird schmerzlicher fühlbar:
Summe von Säumnis und Verzicht.

September ist der Täuschungsmonat:
Daß alles noch einmal beginnt.
Verwirrung wie vor einem Frühling.
Und wir: als ob wir ewig sind.

Wir gehn durch Silber und durch Bläue
Und fast verwandelt von der Luft,
Die lind ist wie die Luft der Ferne
Und wie gewürzt vom Bitterduft

Der Nüsse und nur hin und wieder
Von einer Rose aufgerührt.
September – Mond der Tagessterne
Im Taugekräut. Wie scharf man spürt

An solchen Morgen: alles wissen,
Noch Mensch sein und schon nicht mehr jung.
Erinnrung ist in unsren Küssen.
In jedem Wort: Erinnerung.

All unser Leben ist seit langem
Ein dreigefädelter Gesang:
Hoffnung und Sehnsucht zirpen zaghaft.
Von der Erinnrung kommt der Klang.

Die vollen und die tiefen Töne
Kommen von dem, was mit uns war.
Doch im September glänzt das Schöne
Noch einmal uns auf Haut und Haar.

Vor einem Herbst

Im Herbst soll einer auf mich warten.
Er soll so warten, daß ich kommen muß.
In einem gelben alten Garten.
Kurz vor dem Winter. Kurz vorm Schluß
Von allem. In der Weile,
Die zwischen Schnee und Regen bleibt.
Da suche ich die eine Zeile,
Die man vielleicht im Leben schreibt.

Zeit

Das Leben rinnt an mir herab wie Wasser.
Die ich noch treffen wollte, sind schon tot.
Ich gehe mit der Zeit um wie ein Prasser.
Und morgen fehlt mir das Stück *Brot*.

Späte Liebe

Ich denk an einen, der mir einmal
Sehr nah war und sehr mild gesinnt.
Entgegen allen Weltgesetzen
Liebte ich ihn. Bewußt und blind.

Wir hungern immer, wenn wir lieben.
Und niemand sieht den Hunger ein.
Wir werden einfach *satt geschrieben.*
(Bewirtet man uns nicht mit Wein

Und Süßigkeiten und mit Schonung
Und läßt uns altern mit der Zeit?)
Die frühe Liebe sucht nach *Wohnung.*
Uns ist *das* schon Vergangenheit.

Wir wolln noch einmal und noch einmal
Das Licht auf uns erglänzen sehn,
Und einer soll an uns entbrennen.
Ein Wunder soll mit uns geschehn,

Und sei es auch nur für Minuten,
Und über Fernen hin ein Jahr.
Die Asche der geheimen Gluten
Lagert sich ab auf unserm Haar.

Überfluß

Das Lächeln, das den andern meinte,
Nicht uns und unsre Eitelkeit,
Die Träne, die dem andern weinte,

Nicht unserer Vergänglichkeit,
Die Stunde, da wir andre hörten,
(Das kleine Wenig mehr als Muß)
Die Ruhe, die wir uns zerstörten,
Das war des Lebens *Überfluß*.

Bilanz

Wir alle haben viel verloren.
Täusche dich nicht: auch ich und du.
Weltoffen wurden wir geboren.
Jetzt halten wir die Türen zu
Vor dem und jenem. Zwischen Schränken
Voll Kunststoffzeug und Staubkaffee
Lügen wir, um uns nicht zu kränken.
Und draußen fällt der erste Schnee …
Wir fragen kalt, die wir einst kannten:
Was machst denn du, und was macht der?
Und wie wir in der Jugend brannten …
Jetzt glühn wir anders. So nie mehr.

Mondschnee liegt auf den Wiesen

Ewigkeit

Alles läuft schließlich darauf hinaus,
Daß man die richtigen Worte findet.
Und was spricht man mit diesen Worten aus?
Was uns mit anderen Menschen verbindet.

Würden nicht andre empfinden wie ich,
Ließe ich mein Bemühen wohl bleiben.
Früher schien mir, ich schriebe für mich.
Jetzt will ich für die anderen schreiben

Und so, daß es übersetzbar ist
In jede beliebige Erdensprache
Und daß, wer es liest, mich niemals vergißt.
Ich schreibe von der einfachen Sache:

Geburt und Tod und der Zwischenzeit,
Von unserm schmerzlich befristeten Leben,
Das wir zu einer Art Ewigkeit
Durch unser Eingehn in andre erheben.

Variation über Vergessen

Ich suche immer das Vergessen
Und die Entäußerung von mir.
Nur Dinge, die ich nicht besessen,
Gehören wirklich mir.
Die Straße zwischen Pskow und Twer,
Und Puschkins Park und Puschkins Wiese.
Das Dorf nahbei, wo alte Frauen
Ein Feuer machten. Und der Riese

Am Parkausgang von Trigorskoje,
Die vielberühmte Eiche, war
Mir einen Augenblick der Stille
Für alle Ewigkeiten klar:
Nein, das vergeht nicht. Etwas bleibt.
Was außer uns ist, kann bestehen.
Nur was mit uns vorübertreibt,
Muß fühlen, leiden und vergehen ...
Doch kaum verwandelt, unverbraucht,
Besteht die Erde, wie das Hoffen:
Urfeuer, das auch heute raucht.
Und immer bleibt das Ende offen.
Darum häng ich mich an die Dinge
Und mache mich zu ihrem Mund.
Die Zeit, mein Feind, den ich bezwinge.
Die Erde öffnet schon den Schlund
Und giert nach mir und will mich fressen.
Und einmal werd ich zur Substanz,
Aus der die Zukunft kommt. Doch vorm
Vergessen
Begreift mein Wort die Erde *ganz*.

Gespräch mit dem Dichter

Auch er ist aus dem Stoff gemacht,
Der uns andre behindert.
Es sind die Qualen *seiner* Nacht,
Die er mit Worten mindert.
Ich dachte, daß er weiter wäre
In der Kunst *darüberzustehen.*
Er aber ließ mich die heimliche Schwäre,

An der er leidet, sehen.
Ich litt mit ihm und schämte mich,
So in ihn einzudringen.
Und er war nur mein anderes *Ich*,
Dem Verse besser gelingen
Als mir. Den man *Meister* nennt
In beiläufig zwanzig Ländern,
Der hat sich von seinen Worten getrennt
Und will sein Leben ändern.
Und er sieht keine Möglichkeit,
An sich vorüberzugehen.
Und all das wird zu meiner Zeit
Wie an ihm so an mir geschehen.
Und niemals eine Sicherheit:
Wie gewonnen so verloren.
Und immer zu neuem Verlust bereit.
Bis zum Tode ungeboren.
Aus solchem Stoff sind wir gemacht.
Das ist das Leben der Dichter.
Ihr andern aber schlaft ruhig zur Nacht.
Und seid bei Tag unsre Richter.

Mode

Zum Beispiel widerstrebt es mir,
Geld an Kleidung zu verschwenden,
(Als wären wir vor allem hier,
Um einander zu blenden.)
Ich kenne viele, die ihre Zeit
In äußere Schönheit umsetzen.
Sie sind zu jeder Entbehrung bereit,

Um die Mode nicht zu verletzen.
Und jedes Jahr und jedes Jahr
Wollen sie sich *verwandeln.*
Perücke oder eignes Haar?
Man schreibt ihnen vor, wie sie handeln.
Und ehe sie nicht die Absätze tragen,
Die man in diesem Jahr tragen muß,
Können sie von sich nichts Sicheres sagen.
Sie leben ferngelenkt. Auf Beschluß.
So lesen sie auch, und so denken sie,
So schränken sie ihre Freiheit ein.
Sie lassen sich sagen, was und wie,
Und wagen nicht, sie selber zu sein.

Gesang

Für Peter Schreier

Wenn einer singt,
Soll er nicht nur mit seiner *Seele* singen.
(Daß er mit Stimme singt, versteht sich von allein.)
All seine Körperzellen müssen klingen.
Verschleudern muß er sich. Es muß so sein,
Als hätte er für *dieses* Lied gelebt.
Für *diesen* Augenblick, in dem er singt.
Er muß *der* sein, der sich vom Boden hebt
Aus eigner Kraft. Was nie gelingt
In Wirklichkeit, muß ihm gelingen.
(Wie man das macht, verrät kein Kunstgebot.)
Wenn einer singt, so muß er singen:
Gegen die Schwerkraft und den Tod.

Trauer

Vor andern schützen mich die Lügen,
Sind sie nur gut genug.
Aber mich selber zu betrügen,
Ist sinnlos. Selbstbetrug
Hilft nicht bei Trauer.
Sie ist untäuschbar. Und sie liegt
In mir wie ein Polyp auf Lauer,
Der tausend Arme hat und siegt.
Ich zwing sie nieder für zwei Stunden,
Und das verfluchte Selbstmitleid
Verjage ich mit scharfen Hunden.
Doch fliehn die beiden niemals weit.
Sie kehrn versteckt zurück und springen
Mich aus dem Dunkel wieder an.
Ich helfe mir mit lautem Singen,
Wenn ich mir nicht mehr helfen kann.
Nach außen heißt das: Ich bin heiter.
Warum auch nicht? Das Leben zieht
Mit mir als Vorspann ruhig weiter.
Und keiner weiß, was mir geschieht.

Der Schrei

Wer begreift schon, daß etwas in mir schreit.
Das hat nichts zu tun mit Kunst oder Zeit.
Nicht daß man mir Zensuren erteilt:
Ich schreibe, daß der Schrei verheilt.
Aber man sagt mir nur: zwei bis drei
Sind deine Gedichte.
Vielleicht erreichst du noch

Eins bis zwei,
Wenn du dich bemühst.
Ich danke
Grimassenschneidend und schrei
Weiter jenen schrecklichen Schrei,
Der in mir haust
Wie ein Wesen, ein Tier,
Der Fötus eines Geschwisters, mit mir
Geboren und nicht zu töten. Das schreit!
Keiner begreift:
Vor Liebe nach Leid.
Man sagt mir: Angenehm
Vertreibst du die Zeit.

Lächeln

Mein Grundbedürfnis geht nach Liebe.
Ich wünschte sehr, daß man mich liebt
Und daß mein Lächeln leben bliebe,
Wenn es mich einmal nicht mehr gibt.

Das Höchste, was man hat, ist Bindung
Durch Liebe. Ich ertrage nicht
Die mir verweigerte Empfindung.
Ich öffne allen mein Gesicht

Mit einem Lächeln. Magisch scheinen
In mich die anderen hinein.
Und ich kann sie in mir vereinen,
Und sie vervielfachen mein Sein.

Mondschnee

Mondschnee liegt auf den Wiesen,
Wie ich von dir geh.
Wir lieben uns schon lange.
Nicht seit dem letzten Schnee.
Doch immer, wenn ich zu dir komm,
Wird mir noch so:
Ich weiß nicht, wer ich bin und wo,
Bin traurig und bin überfroh.
(Teils heidnisch und teils fromm.)

Traum I

Mir träumte, ich sollte noch einmal
Sein in der Sonne am See.
Und sicher wäre mir Liebe.
Sicher wie Regen und Schnee.
Noch einmal würde ich schmecken
Licht und Luft ...
Und wüßte nichts vom Leben.
Doch alles von seinem Duft.

Melodie

Man müßte es erreichen,
Daß man den Schmerz verwandelt
In eine reine Melodie,
Die nicht mehr von uns handelt,

Daß nur wer liebt und uns nicht kennt,
Das unterdrückte *Wehe*!
In einem kleinen Nebenwort
Als *seinen* Schmerz verstehe.

Selbstkritik

Ich bin in schlechter Verfassung:
Kein begründetes Lebensprogramm.
Tägliche Unterlassung:
Der Wolf verschlingt das Lamm.
Das Problem ist: In mir sind beide,
Ich bin sowohl dies als das:
Das Schaf auf seiner Weide
Und der Wolf mit seinem Haß.

In Ungarn

Die Nachtigallen von Szigliget,
Die sangen im Mai nicht nur.
Sie ließen sich auch von uns sehn.
Solche Wunder sind in Ungarn geschehn.
Wir lebten gegen die Uhr.
Nacht wurde Tag. Wir ländlichen Leute,
Die sonst mit der Sonne leben,
Sagten da plötzlich: *heute ist heute*.
Wann wird es das je wieder geben:
Einen Mai so heiß und frei von Zeit
Und von Tamarisken umrändert
Wie von Rosenwolken: Meilenweit
Warn Straßen und Wege umbändert

Von jenen Sträuchern, die, wenn sie blühn,
Eine einzige Blüte sind.
Und uns schien: der Lohn all unsrer Mühn:
Eine Rosenwolke im Wind.
Und wie viele Mühen aus einsamen Jahren
Brachten wir mit uns her.
Und wie vieles hatten wir schreibend erfahren,
Was schön war, aber schwer.
Und manchmal schien es auch sinnlos zu sein:
Kann man nicht leichter leben?
Wozu sperrt man sich in Worte ein?
Für wen soll man sich aufheben?
Wir fuhren durchs Land und überall
Kamen uns Menschen entgegen.
Und entgegen kam uns der Widerhall
Unsrer Worte auf Ungarns Wegen.
Denn die Worte waren uns schon voraus.
Sie waren schon angekommen,
Da saßen wir noch in Klausur zu Haus.
Man hatte *uns* angenommen.

Da war das Leben mit einmal leicht.
Die Zweifel waren zerrissen.
Vorübergehend schien etwas erreicht.
Und wir sahen mit gutem Gewissen
Die Nachtigallen von Szigliget
Und die Tausende Türkentauben,
Die die Lüfte sieden mit ihrem Ruf,
Und die Frühjahrsmühn um die Trauben,
Die, reine Hoffnung, an den Hängen
Sorgsam entworfen werden,
Und die Heide von Hortobagy, wo der Wind

Läuft mit den Pferdeherden
Und gegen gebogenes Mondgehörn
Von perlmuttfarbenem Rind …
Und wenn nichts weiter bliebe in mir
Als dieser Steppenwind,
Der mein Seidentuch wie ein Segel schlug,
Daß der Schlag alles überschallte.
Nur der große Gesang der Grillen trug
Diesen Tag, den die Hitze ballte
Zu einer Kugel: alles war rund.
Die Weite wölbte die Erde.
Und ich sang dazu mit geschlossenem Mund:
Es war, es ist, es werde.

Die Nachtigallen von Szigliget
Und Düftefontänen von Flieder.
Und dann die Lilien: Violett
Wie Nachtigallenlieder.

Synthese I

Orangen in Schneeluft: Schöne Synthese.
Südlicher Duft, dem ich Bilder ablese:
Vom ersten Orangenbaum, den ich sah,
Von der großen Sonne, die mir geschah,
Von Orten im Süden, die ich kenne,
Von denen ich mein Leben nicht trenne.
Das ist in mir, und das wandert mit mir,
Und das tanzt vor mir im windigen Schnee.
Orangen in Frostluft: Sonnensynthtese,
Mit der ich den lichtlosen Tag übersteh.

Zikadennächte

Zikadennächte. Man sollte sie
Auf *einem* Ton nachsingen.
Wie will man die Anti-Melodie
Der Zikaden in Worte zwingen?
Die Wärme der Steine. Der graue Geruch
Und das Flüstern der Gräser im Finstern.
Verkrüppelte Kiefern am Felsenabbruch.
Und hinter Wermut und Ginstern
Der südliche See, der *da* ist und schweigt,
Überschrillt von den Zikaden:
Ein irr gewordener Geiger geigt
Auf einem Silberfaden.

In einem anderen Land

Das war alles.
Und ist vorüber.
Eine Narbe bleibt:
Wann? Und wo?
Begonnene Brücken aus Lächeln
Versteinern *so*.
Nicht wahr gewordene Worte.
Das Wenden der leeren Hand.
An einem anderen Orte.
In einem anderen Land.
Poesie der Aerodrome.
Check-out um zehn Uhr zehn.
Und das präzeitliche Verlangen:
Einander wiederzusehn.

Poesiefest in Michailowskoje

Heut vor einem Jahr: Auf Puschkins Wiese.
Sonntagmorgen. Pfingstlich. Junigrün.
Fest der Dichtung. Und die Dichter
In verschiednen Sprachen mühn
Sich mit Mikrophon und Stimmband,
Ihre Seelen zu vergeben.
Michailowskoje, das Eiland.
Hier soll Poesie noch *leben*.
Und die Leute auf der Wiese –
Bauern, Städter, Kinder, Greise,
Angenehm erwärmt von Sonne
Nach der nächtlich kühlen Reise
Über lange Räderwege,
Oder wandernd hergekommen:
Durch betaute Sorot-Auen
Wie durch Mondteiche geschwommen –
Was erwarten sie zu hören?
»Puschkin war sehr groß! *Poklon*?«
Oder horchen sie, ob einer
Von den Dichtern Puschkins Ton
Hat. Ob er Worte, die man wirklich spricht, benutzt,
Und sich nicht mit Schmuck und Schellen
Schrecklich als Schamane putzt?

Die da unten lagern, haben
Feiertag für ihre Hände.
Sie sind keine Schul-Ästheten.
In der Halle ohne Wände
(Wiesenplan, von Wald umragt)
Hat die Selbsttäuschung ein Ende.
Hier zählt, was man *wirklich* sagt.

Steigt die Sonne? Nein, die Erde
Dreht sich Mittagheiß,
Ohne Schatten, ist die Wiese.
Tag- und Jahreshoch. Den Schweiß,
Den die Dichter fächelnd kühlen –
Fünfunddreißig Grade glühen
Auf das Podium herab,
Und man sitzt hier hart auf Stühlen –
Festhelfer mit Schläuchen sprühen
Ihn den Leuten einfach ab.

Dampf steigt auf. Es wird gegessen
Und getrunken nebenbei.
Wobla gibt es. (Kleine Fische.)
Dichtung zehrt. Denn schon seit drei
Stunden heben Verse Flügel.
Achtzigtausend halten aus.
Hinterm Teich, beim Fliederhügel,
Steht, sehr klein, ein gelbes Haus.
Puschkins Haus. Ich seh ihn gehen,
Wie er *dazumal* gegangen.
Alles war noch ungeschehen.
Mit ihm hat es angefangen.
Unter all den vielen Orten:
Wer hat *diesen* Ort gekannt?
Eine Welt entstand aus Worten,
Als er sprach: *seht her, mein Land!*

Blüten und Düfte

Die Erle im Licht. Fast kaukasische Bläue.
Der kleine Wind, der die Birke verwirrt.
Das ist die wirklich beständige Treue:
Der Ehrenpreis blüht, der bläßliche, scheue.
Die Erde erfüllt ihr Gesetz unbeirrt.
Die Düfte, die Düfte: das Leben von Bäumen
Und Sträuchern und Stauden im Mai.
Die Ebereschenblüten verschäumen
Gilbend den Dunst von gebrühtem Salbei.
In allen Gräben, an allen Hängen
Blüht Wiesenkerbel: fast ohne Geruch.
Er trägt dafür auf den Überlängen
Seiner grünen Ständer ein Spitzentuch,
Geklöppelt aus weißen Blütensternen.
Vielmeterlanges Tuch wellt im Wind.
Neu sind jedes Jahr ein paar Worte zu lernen,
Denen Düfte und Blüten zutraulich sind.

Vor dem Vorfrühlingsregen

Die Erde riecht nach Regen,
Der heut nacht vielleicht fallen wird.
Das Bachwasser riecht nach Fischen
Und grüner Fäulnis. Es schwirrt
Die Luft von Stimmen.
Die Vögel sind aufgeregt.
Die Spechte schreien hallend.
Wie von Ahnungen bewegt.
Etwas wird kommen, kommen.
Es wartet der graue Staub.

Es wartet in den Bäumen
Auf Wasser das künftige Laub.
Eine Stille kommt mit dem Abend.
Windloser kann es nicht sein.
Erd- und Luftströme stimmen
Für den Regen überein.
Alle Sinne sind gerichtet
Auf diese verheißene Nacht.
Noch im Schlaf werden wir es spüren,
Wenn die Erde vom Regen erwacht.

Vorfrühling im Vorwerk

Kinderglück: Schaukeln hinter der Scheune.
Die Schaukel im Nußbaum. Sonne, Geruch
Neuer, teerölgetränkter Holzzäune.
Das Krähen der Hähne. Erster Versuch
Der Drossel, ihre Stimme zu üben,
In der nackten Weide am kahlen Bach.
Gestern kam sie von irgendwo drüben
Über dem Meer. Und ist heut noch schwach.
Die Stare sind schon länger zulande.
Noch sind sie willkommen: Frühling wird sein!
Im Sommer falln sie als Räuberbande,
Verfolgt und verwünscht, in die Kirschgärten ein.
An der Mauer gibt es schon Huflattichblüten.
Indianerzwiebeln fahrn Lauchlanzen aus.
Genetischer Code in Säcken und Tüten
Wartet auf Wärme im sicheren Haus.
Gesträuch wird verbrannt. Die Schwelfeuer bittern
Den aus Südosten wehenden Wind.
Durchs staubgraue Gras bricht ein Hitzezittern.

Da sieht man, daß es zu grünen beginnt.
Und alle im Vorwerk sind noch am Leben.
Dieser Winter hat uns keinen genommen.
Und es hat keine Feindschaft gegeben.
Der Nachbar ist zum Nachbarn gekommen.
Ein fröhlicher März! Motorsägen schreien
Bis in die Dämmrung, wenn der Kranich heimschreit.
Den Wald wird man bald vom Sturmbruch befreien.
Und alles im Umbruch: Vorfrühlingszeit.

Erinnern und Vergessen

Veilchenstimmung: Die Luft ist gebläut.
Und violette Schatten
Vertiefen das Grün zwischen gestern und heut.
Was wir vergessen hatten,
Erinnert sich in uns. Es zieht
Vom Bein bis in die Mitte
Des Leibes als ein Lied
Und ändert unsre Schritte.
Vom Duft fang ich erst gar nicht an:
Erinnern und Vergessen.
Duft, den man nicht beschreiben kann.
An keinem Duft zu messen,
Der sommers kommt. Nur mit der Schnur
Aus Amselsang zu binden
Und, folgend der gesungnen Spur,
Am Bachabhang zu finden.

Vogelzüge

Immer sind die Vogelzüge
Das Signal für Änderungen.
Unser sanft ziviles Leben:
Atavistisch wirds durchdrungen
Von dem Wanderschrei der Vögel,
Der uns heißt: zu fliehn, zu fliehn.
Südwärts, südwärts! Über Grenzen.
Hin zu Wärme, Duft und Grün.
Aber lenzlich kehrt es wieder.
Nordwärts, nordwärts! geht der Schrei.
Frühlingshoch, beglänzt von Sonne,
Pfeilt der Kranichkeil vorbei.

Nun, wir sind daheim geblieben.
Frei von Not. Jedoch gestreift
Von dem Wanderschrei der Vögel,
Der uns, doch wieso? ergreift.
Weil wir wissen, es wird Winter,
Wenn die Vögel südwärts fliehn?
Weil wir fühlen, es wird Frühling,
Wenn sie wieder nordwärts ziehn?
Oder weil sie sich bewegen,
Und wir sind von Pflicht gebannt?
Grenzenloses Reich der Lüfte
Über dem begrenzten Land …

Rätselvolle Vogelzüge:
Jahr für Jahr die gleiche Schneise
Durch das All. Noch unerkannt:
Sind sie, die da fliegen, weise
Oder eine Art Maschinen,

Die selbstregulierend gleiten?
Wie auch immer: *uns* verkünden
Sie den Wechsel der Gezeiten.

Die Schwäne

Ein Schwan ist am Waldsee eingefroren.
So heftig fiel der Nachtfrost ein.
Die Schwäne haben den Fluchttrieb verloren.
Der Förster mußte den Schwan befrein.

Die Schwänin hat den Schwan nicht verlassen.
Man hat gehört, daß Schwäne so sind.
Sie wissen nichts von Lieben und Hassen,
Und treu nennt Tiere nur ein Kind,

Aber irgendwas muß sie zusammenhalten.
Was hält sie zusammen, wenn nicht *Gefühl*?
Die Wissenschaft widmet dem Schwan ein paar
Spalten
Im *Brehm*, überlegen und kühl.

Aber wir Kinder warn wie geblendet.
Warum versucht *sie* vorm Frost nicht zu fliehn?
Und wenn der Schwan nun im Eise verendet?
Was wird mit der Schwänin? Beweint sie ihn?

Wie weinen Schwäne? Können sie klagen?
Klagen sie lautlos? Zerreißt sie ein Schrei?
Zu oft an Herbst- und Vorfrühlingstagen
Zog uns zu Häupten das Schwanpaar vorbei,

Als daß wir nicht mit ihnen leiden müßten.
Aber leiden sie denn? Was wissen wir schon ...
Und wenn wir wirklich etwas wüßten?
Niemals überträfe das Wissen den Ton,

Den der Flügelschwung des Schwans in uns weckt:
Die große Musik aus verdichteter Zeit.
Deren Schmerz uns quer in der Kehle steckt.
Als gäbe es etwas wie *Ewigkeit*.

Mitte August

Vor einer Woche war die Farbe noch verschlossen,
Mit der das Heidekraut aufleuchtet.
Sie war noch grau und wie verschossen.
Der Regen hat sie angefeuchtet
Und tief gemacht und überschwenglich.
Das letzte Sommerblühn beginnt
Und ist in Wahrheit unvergänglich.
Weil es nur Zwischenzeiten sind
Von Blühn zu Blühn: Erdatemzüge.
Und ein Vergehen gibt es nicht.
Der Tod ist eine dumme Lüge
Gegen das große Gleichgewicht,
Aus dem die Erde lebt. Auch wir vergehen
Nicht wirklich, wenn wir wirklich sind.
Denn auch durch uns geht das Geschehen,
Das weder endet noch beginnt.

Bild

Man müßte *doch* malen können.
Denn für den, der nicht weiß, was man meint,
Kann man mit Worten nicht schildern,
Wie die Sonne septemberlich scheint.

Und wie sie früh gegen sieben
Im bläulich blühenden Kraut,
Das die *Heide* heißt, Funken entzündet.
Denn die Heide ist nächtlich betaut.

Und wie die kleinen Kiefern
Weiß übersponnen sind,
Als sollten sie sich verpuppen
Vorm herbstlich werdenden Wind.

Die Seidenweben zerfallen
Zu nichts, wenn man sie berührt.
Nur daß man auf den Händen
Ein wenig Feuchte spürt.

Das ist der Septemberzauber:
Ein flüchtiges Spiel von Licht.
Lasurene Oberfläche
Über blauer Tiefenschicht.

Doch der leise Schmerz der Verwandlung.
Der die Frühe kühl überzieht,
Ist von keinem Maler zu malen:
Er lebt nur als Mollton im Lied.

Licht

Manchmal trifft man einen, der ist wie ein Licht.
Und man trifft ihn nicht zweimal im Leben.
Und man weiß. Nur *einmal* dieses Gesicht.
Und man denkt: Das darf es nicht geben,
Daß man einen Menschen verlor,
Ehe man ihn gefunden,
Und kein *Danach* und kein *Davor* ...
Dieses Licht ist für immer entschwunden.
Geheimer Speicher Erinnerung.
Empfangs- und Sendezentrale:
In einer anderen Dämmerung
Verwandelt er die Signale,
Die auf uns gekommen von einem Gesicht,
Das wir nur einmal gesehen,
Zurück in Wärme und in Licht.
Und das hilft uns die Nacht überstehen.

Glück

Erotisch gestimmte Tage:
Juni. Die Nächte sind rot.
Liebe und keine Frage.
Herzpause. Und kein Tod.

Lob

Ich habe ein Geheimnis entdeckt:
Wir loben einander zu selten.
Kinder wachsen nicht ohne Lob.

Wir lassen einander nur gelten
Mit jener schweigenden Toleranz,
Die die Fremdheit zwischen uns steigert.
Und jeder wartet auf *das Wort*.
Das einer dem andern verweigert.

Legende

Irgendwo hab ich gelesen,
Daß man in einer Stadt
Sehr alte hölzerne Häuser
Abgerissen hat.

Aus dem alten Holz baut man Geigen,
Die sollen besonders klingen.
Das ist sicher chemisch zu klären.
Ich denke aber, sie singen

Von lange vergangenem Leben,
Das ist in das Holz eingedrungen
Und mit unregistrierbarer Schwingung
Bis heute herübergeklungen.

Wird die Geige gespielt, hört man Töne,
Die nicht in den Noten stehen.
Es ist, als ob die Verstummten
Summend vorübergehen.

Das ist eine schöne Legende.
Und ich träume: in meinem Gedicht
Soll immer etwas mitklingen,
Was für die Stimmlosen spricht.

Freundschaft

Freunde sind mir, mit denen ich
Essen und trinken und reden kann.
Die mich in meiner Küche kennen,
Und denen ich sage: Komm, setz dich ran.
(Keine Probleme und Komplikationen:
Wie füttert man den? Ist der Schnaps gut genug?)
Mit denen gemeinsam ich in den Jahren
Meine und ihre Lasten abtrug:
Krankheit der Kinder und Weltüberdruß.
Mit denen ich die Nächte zerrede.
Und doch kommt es niemals zu einem Schluß.
Das kann auch über Fernen bestehen.
Auch wenn man sich lange Zeit nicht sieht:
Halten wir nur aneinander fest,
Was immer sonst auch mit uns geschieht.
Freundschaften sind wie Abenteuer,
An die man sein ganzes Leben setzt.
Versagt man oder wird man verraten,
Hat man sich mehr als die Haut verletzt.

Währung

Für alles zahlt man den Gegenpreis:
Für Güte, für Liebe, für Treue.
Dem Leben macht man nichts über sich weis:
Wenn ich nicht den Samen ausstreue,
Aus dem die menschliche Heilplanze treibt,
Ist Öde um mich und Kälte.
Und was auf Erden von mir wirklich bleibt,
Ist: was ich *anderen* gelte.

Ohrid am See

Wir kamen an einem Haus vorbei
In Ohrid am Ohridsee.
Ein Gartenhaus. Glyzinien warn da
Und Oleander. Ich geh
In meinem Traume ein
In dieses Haus mit dir.
Und warum sollt es nicht wirklich so sein?
Einen Tag lang wären wir
Beieinander da und löschten uns aus
Und stürzten aus der Zeit.
Aber bewohnt ist das blühende Haus.
Und Ohrid am See ist weit.

Paar Worte

Die milde Gabe eines Grußes ging mir heute
Aus einem fernen Lande zu: Man denkt an mich!
Wie ich mich über die paar Worte freute,
Die seltsam traurig warn. Ich dachte, ich
Nur könnte nicht vergessen.
Was einmal war, lebt in mir fort.
Ich bin erinnerungsbesessen.
Niemals vergesse ich den Ort,
Die Stunde und das Licht.
Was einmal einer zu mir spricht,
Bewahre ich wie ein Vermächtnis.
Ich leb mit furchtbarem Gedächtnis
Und wie mit doppeltem Gesicht.

Und nun und nach so manchen Jahren,
Die bitter von Verlusten waren,
Schreibt einer mir mit solchen Worten:
»Rückkehrend zu den schönen Orten
Am Sonnensee, grüß ich Sie! Ich
Bin traurig; etwas fehlt ...
Erinnern Sie sich noch an mich?«

Den See erinnre ich wie sehr.
Wie sehr die Sonnenuntergänge
Und die beklemmenden Gesänge:
Liebe ist leicht, das Leben schwer.

Also auch er,
Den ich einst kannte,
Vergaß nicht alles, was da war.
Auch noch in einen andern brannte
Sich die Erinnrung an das Jahr,
Das von den unvergeßnen bleibt ...

Geheimes les ich aus den paar
Gemeßnen Worten, die er schreibt.

Flug

Ein bestimmtes Eau de Cologne
Florena Juchten erinnert mich.
Ich hab es in Kasachstan benutzt.
Und immer erinnert es mich auch an dich.
Bezweifeltes Wunder: *das* hat es gegeben?
Diesen Flug nach Osten. Den Lichtsaum entlang.
Und es schien: mit diesem Flug ist das Leben

Für immer verändert. Nur noch Gesang
An die Sonne wird übrigbleiben.
(Man könnte ihr folgen. Fliegend. Westwärts.
Und fliegend könnte man Hymnen schreiben.
Sonne Orange Lichtapfel Herz.)
Man hat die Drehung der Erde gesehen und hat
  verstanden:
Die menschliche Nacht
Ist nur auf unserm Fixpunkt vorhanden
Und nur aus unsren Begriffen gemacht.
Bei diesem Flug ging die Nacht verloren.
Eine Nacht in *unserem* Leben fehlt.
Doch wie kann es sein, daß, *was nicht
  gewesen,*
Mehr als alles Gewesene zählt?

Der Juchtenduft reizt Gefühle in mir.
Der Geist aus der Flasche erinnert mich
An den Flug aus der Zeit, diesen Flug mit dir.
Zur Sonne, zur Sonne! Erinnerst du dich.

Die Dichter

Die Dichter machen ihr Land.
In der Welt
Wüßte man nichts von Island,
Wenn Laxness nicht schriebe.
Und Dagestan
Ohne Gamsatow bliebe
Verschollen für uns.
Wir wüßten nicht,
Wo das liegt, wie die Leute da leben,

Und wie das Land ist, würde es den
Rassul Gamsatow nicht geben.
Und Griechenland hat Ritsos gemacht.
Und Neruda machte Chile.
Und ohne Lorca wär Spanien nicht.
Die harmlosen Wortespiele,
Mit denen es bei allen begann,
Wachsen sich aus zu ernstem Leben.
Die Dichter sind schwach wie *jedermann.*
Aber: sie können ihr Land *aufheben.*

Anbeginn

Mein Leben setzt sich zusammen:
Ein Tag wie dieser. Ein anderer Tag.
Glut und Asche und Flammen.
Nichts gibt es, was ich beklag.

Früher habe ich so gefühlt:
Irgendwas Großes wird sein.
Inzwischen bin ich abgekühlt:
Es geht auch klein bei klein.

Was soll schon Großes kommen?
Man steht auf, man legt sich hin.
Auseinandergenommen,
Verlieren die Dinge den Sinn.

Doch manchmal sind solche Stunden
Von Freiheit vermischt mit Wind.
Da bin ich ungebunden
Und möglich wie als Kind.

Und alles ist noch innen
In mir und unverletzt.
Und ich fühle: gleich wird es beginnen.
Das *Wunder* kommt hier und jetzt.

Was es sein soll? Ich kann es nicht sagen.
Und ich weiß auch: *das* gibt es gar nicht.
Aber plötzlich ist hinter den Tagen
Noch Zukunft ohne Pflicht

Und frei von Furcht und Hoffen
Und also frei von Zeit.
Und alle Wege sind offen.
Und alle Wege gehn weit.

Und alles kann ich noch werden,
Was ich nicht geworden bin.
Und zwischen Himmeln und Erden
Ist wieder *Anbeginn*.

Toleranz

Verselbständigung der Prinzipien,
Der Kampf um das Ding an sich,
Beherrscht die Menschen und Völker,
Und manchmal noch dich und mich.
Wir haben mit den Jahren
Mäßigung gelernt
Und uns vom Bekehrereifer
Unserer Jugend entfernt.
Was hielt ich früher nicht alles
Für untrennbar von mir!

Treue auf Tod und Leben.
Und: Wie du mir, so ich dir.
Liebe: ein Absolutum,
Das nicht mit dem Winde schwankt,
Und bei der kleinsten Kränkung:
»Leb wohl und sei bedankt!
Das war es nicht, was ich meinte,
Das ist mir nicht gut genug!«
Und wieviel Schlechtes man
Um dieses Gute ertrug ...
Immer nur Annäherungen.
Wir sind aus Schwäche gemacht.
Und keiner ist so gelungen,
Wie er das von sich gedacht,
Als er vom Leben nichts kannte
Als das erhabne Prinzip.
Erst wenn man sich selber verbrannte,
Versteht man das Wort: Vergib
Und lernt einander dulden
Und rechnet nicht im Kurant,
Wie hoch sind des anderen Schulden?
Dann wird man tolerant.

Dezember

Lavendelblauer Morgen im Dezember.
Und biberblauer Abend.
Und *vergangen* ist der Tag.
Und ich Vergehende wart auf ein Wunder.
Das mit dem letzten Mond geschehen mag.

Angst

Die Amsel macht mich traurig.
Die Kirschen wollen blühn.
Ich fürchte, du könntest mir sterben,
Und alles würde doch grün.

Vielleicht ist es auch mein Tod,
Der mich schon traurig macht.
Die Amsel kann ich nicht fragen.
Wer hilft mir heute nacht?

Es gibt

Gesprungene Glocken gibt es.
Es gibt geborstene Bäume.
Geborstenes Leben gibt es.
Es gibt gesprungene Träume.

Es hat alles schon gegeben.
Es gibt alles immer wieder.
Es gibt gestorbenes Leben.
Es gibt auferstehende Lieder.

Anwandlung

Immer ist es das andere Ufer.
Immer die andere Zeit.

Immer gibt es den Antwortrufer.
Die Entfernung ist immer zu weit.

Nachsatz

Das Wirkliche, was bleibt, ist Sprache.
Verfestigt wird, was flüchtig ist.
Noch aus der trübsten Lebenslache
Erglänzt das Wort. Wenn man vergißt,
Was ging und kam – selbst die Berührung
Der Liebe wird man einst vergessen –
Das Wort lebt weiter als Verführung
Und macht nach unsrer Zeit besessen
Von unsrer Sehnsucht, die es lesen.
Mit unserm Maß werden sie messen
Und lieben, als wärn sie gewesen
In unsern Leibern eine Zeit.
An unserm Wort solln sie genesen.
Den Wortpreis zahlen *wir*. Seis Leid,
Seis, was wir dafür halten: Glück.
Bleibt nur von unsrer Wirklichkeit
Das Wirkliche als Wort zurück.

Die eine Rose überwältigt alles

Erinnerungsbaum

Bilder wurden in mir einst belichtet,
Die werden niemals nach außen dringen.
Sie sind mit dem Brom des Vergessens beschichtet.
Verworfen als Abfall. Nicht zu bezwingen
Mit Worten, die sagbar sind.
Nur zu verschweigen.
Jähe Bewegung: von fernher ein Wind
Wirbelt in den Erinnerungszweigen.
Die waren früh grün mit Gefühlen belaubt.
Und sind nun grau von Erfahrung verstaubt.
Eine Taube fliegt auf aus dem Baum, und sie spricht:
(Türkisch.) Ich rufe. Hörst du mich nicht.
Sie will mich erinnern. Doch ich weiß nicht, an wen.
Irgendwann irgendwo irgendwas ist geschehn.

Petschora-Höhlenkloster

Petschora – zuerst ist das Erdbeerrot.
Ein Wort, das knarrt, und dann Höhlengänge ...
Verwandelt sich hier der berüchtigte Tod
Noch immer in Weihrauch und sanfte Gesänge?
Geordnete Wirtschaft. Man siehts an den Wegen.
Und frisch gekalkt ist das weiße Gemäuer.
Eisgraue Weiblein beim Harken und Fegen:
Der Segen der Mönche ist ihnen teuer.
Die alten Klänge aus alten Farben:
Weiß, blau und gold und das Erdbeerrot.
Grün alten Kupfers. Die glaubenslos starben,
Starben auch einen farblosen Tod ...

Keine Visionen vom Paradies,
Das, irdisch erschaut, so aussehn müßte:
Freude aus Farben. Der *Heiland* verhieß
Jenseits des Zeitmeers blühende Küste ...
Stille geht ein und aus trotz der Leute,
Die um den *Guide*, ihren Leithammel, rammeln
Und die touristische Augenbeute,
Als Beweis ihres *Hierseins*, in Kameras sammeln ...
Die Mönche malen nach *Pskower Schule*
Ikonen, die *fast* wie alte aussehen:
Der *Himmlische* schwebt auf dem Wolkenstuhle,
Während auf Erden *Dinge* geschehen ...
Die keiner versteht. Nur gemalt zu ertragen:
Ganz kleine Krieger auf ganz kleinen Pferden
Reiten in Schlachten, ohne zu fragen ...
Menschliche Hirten mit menschlichen Herden ...

Die Massen gestaltlos: Woge im Meer.
Die Schädel als Wellenbewegung darüber.
Etwas Vergangenes reicht zu uns her ...
Und etwas von uns reicht ins Finstre hinüber ...
Aber die Lilien, die violett dunkeln!
Irdische Weisheit: verwandelter Sand.
Auf dem noch des Maimorgens Frostspuren funkeln:
Das Vergänglichste hält der Vergänglichkeit stand.

Die Alte erzählt

Hier war einst Hochwald, als wir herkamen.
Reifpilze gabs mit perlmutternem Hut.
Dann hat man die Kiefern heruntergeschlagen.
Sah aus, als wäre ein Dämon in Wut

Geraten. Später hat man die Äste
Und das mißliebige Strauchwerk verbrannt.
Die Landschaft war, was sie wirklich ist:
Woge in einem Weltmeer von Sand.
Auf dem Kahlschlag hat man Furchen gerissen
Und neue Kiefernpflanzen gesetzt,
Kaum größer als die falschen Morcheln,
Die dem Sand entkeimten. Wo jetzt
Zweimannshohes Dickicht drängt,
Verpicht gegen jeden Einbruchsversuch,
Dessen Wände nur das Wild aufzwängt
Beim Fluchtsprung vor dem fremden Geruch,
Wuchsen vier Jahre lang Frühlingsmorcheln
Von Schwarz über Braun bis Lila (fast Rot),
Die rochen schwer wie nach Gräbererde,
Und manchem schon würzte die Morcheln der Tod …
Diese Speise haben wir damals gegessen
Mit dem Lustgefühl von Lebensgefahr.
Einmal ist mir das Gift auf die Augen geschlagen …
Wie gewissenlos und wie jung man einst war.

Vergangenheiten

Wie immer die Winterabende:
Dämmerung um fünf Uhr.
Der Zug von Rheinsberg nach Löwenberg
Stöhnt über die stählerne Spur.
Kilometerweit, minutenlang
Hört man das stoßende Rollen.
Die gefrorene Erde gibt Resonanz.
Wie ein vulkanisches Grollen
Von Lava, die kocht (Magma braust

In noch verdeckelten Trichtern.)
Und über die märkische Tundra saust
Der Zug vorüber den Lichtern
Gesperrter Stationen, die Wohnhäuser sind.
Vorbei sind die älteren Zeiten,
Da stieg ich hier ein, und klein war mein Kind:
Alles Vergangenheiten.

Der Preis

Vor zwei Tagen hat man mir einen Preis gegeben.
Ein Quartett hat gespielt. Bach, glaube ich.
Hundert Leute ließen mit Sekt hochleben
Zu Ehren Heines Villain und mich.
Beim Salatessen hat mir einer gesagt:
N wird sterben. Er weiß es noch nicht.
Wenn er euch begrüßt, daß ihr ihn nichts fragt!
N kam und lobte mein *Letztes Gedicht*,
Das der Laudator C zitierte
Und das von der *letzten Stunde* spricht.
Wie N die *letzten Worte* goutierte –
Als wären sie nichts als nur ein Gedicht ...
Da hat mich das kosmische Grauen besessen:
Meine Worte hatten sich wahr gemacht.
Ich ächzte: Laß das! Nicht jetzt! Beim Essen.
Trink! Und wir haben zusammen gelacht.
Dann hab ich zwei Interviews gegeben.
Wie fühlt man sich so? wurde ich gefragt.
Man fühlt, was es heißt, man ist noch am Leben.
Und möchte schrein, habe ich gesagt.
Wir meinten den Preis ... Und wie stehn Sie zu
  Heine?

Was bedeutet das *Buch der Lieder* für Sie?
Von tausenden Strophen vor allem die eine,
Die heißt: ich dachte, ich trüge es nie.

Januarabend

Es ist, als ist ein Klingen
In der Luft wie von silbernen Hämmern
Oder sehr fernen Schlittenschellen.
Der Schnee beginnt einzudämmern.
Er wird blau. Der Horizont
Wird gelb und transparent.
Himmel und Erde sind
Von keinem Glauben getrennt.
Rundum alles eins und Schöne.
Schneekristalliner Staub
Reibt reine Silbertöne
Von der Eiche gefrorenem Laub.

Landschaft

Die kaum noch sichtbare Wipfelbewegung,
Die der Wind in den kleinen Birken macht,
Die schon fast nackt sind.
Der fliederfarbene Dämmer vor Nacht.
Der feuchte Geruch der gesättigten Erde.
Der trockne Geruch der grasenden Pferde.
Der Mond, der heut einer Quitte gleicht
In Form und Farbe. Das alles
Erreicht mich und erreicht mich nicht.

Es streicht
Vorüber meinem Gesicht
Und den übrigen Sinnen,
Die erst beim Abflug der Eule Erregung
Erfahrn und zu senden beginnen.
Der Wutschrei des Hirsches verlängert den Flügel
Der Eule. Und über die Hügel
Fallen die Keile der Graugänse ein.
In die Landschaft aus Wasser, Wacholder und Stein.

Ornament

Bitteres Grün von Nesseln, die brennen.
Brennendes Hagebuttenrot,
Dessen Lockung Drosseln und Amseln erkennen:
Für uns warens Rosen, für sie ist es Brot.

Rosa rugosa streut Pfingstrosenduft
Von fast violetten Blütenblättern.
Ein Spinnwebfaden in goldener Luft,
Den Mücken umflirrn wie arabische Lettern.

Geheimnis arabischer Poesie:
Schreib von rechts nach links, lies von hinten
 nach vorn.
Alles ist Bild und alles Magie:
Die Blüten, die Früchte. Der Duft. Und der Dorn.

Voraussicht

Mein letzter Freund wird der Rosenstrauch sein,
Der vor meinem Fenster steht.
Wenn auch der vorletzte von mir geht:
Der letzte läßt mich nicht allein.

Lieben zum Tode hin ist zu beschwerlich.
Gramgrau, griesig und riecht nicht gut.
Zu sehen, wie schwer sich der Sterbende tut,
Um noch zu bleiben, und ist schon entbehrlich.

Ja, wenn sich noch irgendwo Hilfe fände.
Aber man weiß doch genau: Hilfe ist nicht.
Man lügt ihm lächelnd ins fremde Gesicht,
Und dabei zittern einem die Hände.

Besser, wenn auch der vorletzte geht.
Endlich ist Schweigen, und dann ist Stille.
Langsam zersetzt sich der Lebenswille.
Man sieht, daß die Rose in Blüte steht.

Anfang der Liebe

Wind ist gut. Liebe ist gut.
Nacht ist gut. Wenn die Liebe gut ist.
Wissen möchte ich, ob man die Liebe,
Wenn sie einst aufhört, nicht mehr vermißt.

Oder ob sie uns immer bleibt,
Dunkelnd mit uns in dämmernden Jahren.
Ob uns noch *das* zueinandertreibt?
Werden wir leben und es erfahren.

Jünger fühlt es sich grüner an.
Nichts trifft uns gründlich. Alles ist leicht.
Erst wenn man weiß, daß sie enden kann,
Hat man den Anfang der Liebe erreicht.

Stammbuchverse I

So: sage ich. Nimm die Sonne.
Scheint sie nicht? Doch, sie scheint.
Bist du gesund? Dann lebe!
Wies dich auch plagt und peint,

Was alles unvollkommen,
Welt, wie verworren sie ist.
Hasse nicht. Leide nicht. Liebe.
Denk, daß du sterblich bist.

Licht

Was bleibt im Menschen unwandelbar?
Wie sehr verwandelt er sich im Fleisch!
Man kann nicht glauben, daß *er* das war,
Das braune Kind mit dem sanften Haar
Und dem Lustschrei wie Schwalbenkreisch.

Er wundert sich selber, daß er so verging,
Wenn er sich einmal, was selten ist, sieht.
War es nicht gestern, daß alles anfing?
Jetzt welkt die Hand und trägt einen Ring.
Vergangen ist schon, was morgen geschieht.

Doch etwas in ihm muß unwandelbar sein.
Ein Befehl, eine Sucht oder auch ein Gebet.
Das wacht mit ihm auf und schläft mit ihm ein.
Das wird niemals groß und war niemals klein.
Und ist das, was mit ihm nicht vergeht.

Was das in ihm war, er wußte es nicht.
Unwissend hat er es weitergegeben.
Manchmal schien ihm, es war nichts als Licht.
Und vergänglich waren wohl Leib und Gesicht.
Aber nicht das, was brennt, das Leben.

Juniabend

Kleine Flöte aus Grün: die Stimme der Amsel.
Am Juniabend tönt sie die Zeit.
Die still steht und zittert.
Das Grün ist durchbittert
Von Regen, bis hallend der Wildtäuber schreit
Und läßt die Zeit durch die Kehlwölbung rollen.
Die kleine Flöte verstummt verschreckt.
Doch der Täuber hat mit dem lebenstollen
Ruf das Gewissen der Sonne geweckt.
Das Grün wird entbittert, die Zeit wird bewegt.
Und die Flöte der Amsel wird blau ausgelegt.

Weihnacht

Gebenedeite Dunkelheit
Des Weihnachtsabends. Heilig, heilig!
Engel lobsangen einst. Die Zeit,
Da sie lobsangen, sie ging eilig
Vorbei. Schön war der Farbenschein,
Der aus den Kirchenfenstern schien.
Und Weihnacht hatte Schnee zu sein.
Das bunte Licht ließ ihn erblühn.
Da blühten Rosen überm Schnee
Und trieben hin im Orgelwind.
Und Lilien gelb und blau ein See,
In dem die Fische golden sind.
Und Grün, der Lustlaut neben Rot,
Nach dem die Orgel aufwärts jagt,
Eh sie ihn fängt im Jubeltod
Und eine Stimme *Amen* sagt …
Alles in eins und unverstanden.
Nur Farben, Töne, Wortgeruch:
Drei Mohren kamen aus *drei* Landen.
Ein Stern stieg auf aus einem Buch
Und stand sehr sichtbar uns zu Häupten.
Wir hielten ihn mit unserm Singen,
Bis daß die Schneerosen zerstäubten
Und wir ins Dunkel heimwärts gingen.

Mondrose

Komm in mein Zimmer, wenn Mondlicht ist.
Es hat sieben Fenster mit Seidengardinen.
Die werden vom vollen Mondeslicht
Wie Rosenblätter durchschienen.

Das bin ich sicher: du hast noch nicht
In einer Rose gelegen.
Wir lassen uns vom Mondeslicht
Im Innern der Rose bewegen.

Fliederort

Weggehn. Es gibt eine Stelle:
Am Fliederort im Auenwald
Abwärts zu einer Quelle,
Vom Schrei des Fischadlers kalt.
Da kann ich nicht vorbeigehen
Ohne das wilde Verlangen,
Mich verschwinden zu sehen
Und das Leben von vorn anzufangen.
Hinter mir schließen verschwiegen
Birken und Erlen das Holz.
Dann Tannendüster. Verstiegen
Ist der menschliche Stolz:
Alle Jahre gibt es hier wieder
Wildglockenblumen aus Blau
Und früh die gespindelten Lieder
Der Lerche über dem Tau
Und Faulbaumblütendüfte
Zu ihrer bestimmten Zeit,

Narkotisch werden die Lüfte,
Gewichtlos Lust wie Leid.
Und abends entgeistern weiße
Gespinste dem schwarzen See.
Vergäße ich, wie ich heiße ...
Ich vergesse es nicht. Ich geh
Zurück auf niemandes Wegen
Durch rötliches Reihergras,
Auf das sich die Nebel legen:
Zitternde Prismen aus Glas.
In denen sich Zwielichter brechen,
Die sinken und steigen: schon Mond,
Noch sinkt die Sonne: nicht sprechen.
Nichts, was zu sagen lohnt.

An meine polnischen Freunde.

Nun macht der golden Abenddunst,
Die *Laterna magica*,
Aus anderen Bildern Zauberkunst ...
Denn alles, was ich sah,
Erscheint mir abends, unterlegt
Mit Gold und Himmelskühle,
Verklärt zum Bild und sanft bewegt
Von älterem Gefühle ...
Mein Inneres erweitert sich
Und tritt aus mir heraus:
Alle Erfahrung bringe ich
In Bildern mit nach Haus.

Nun also Polen. Spät, sehr spät
Geriet es in mein Leben.

Als Rätsel, das sich nicht verrät.
(Vor Zeiten aufgegeben.)
Verschlossne Sprache, sacht versiegelt.
Geheime Zeichen schützen sie.
Der Himmel, den die Wisła spiegelt,
Die Dohle, die im Abend schrie,
Warn mir seit alters her vertraut.
Und andres mehr: die herbe Heide,
Der Sonnenrose gelber Laut
Des Herbstes, den ich lächelnd leide –
Das war sehr nah, doch stumm und blaß
Bin ich durch euer Land gefahren,
Das ich lang scheute. Heilt denn das,
Was euch geschah, in dreißig Jahren?

Ich kann nicht leugnen, deutsch zu sein.
Und deutsch zu denken, deutsch zu sprechen.
Ihr hörtet meine Sprache schrein,
Und willig war sie dem Verbrechen.

O meine Sprache, du mein Leib.
Wenn ich je bin, bin ich in dir.
Und alle Hoffnung, daß ich bleib,
Und alle Kräfte kommen mir
Aus dieser Sprache. Wenn ich schweige,
Schweige ich deutsch. Deutsch ist mein Leben,
Das ich in Worten übersteige,
Um seine Grenzen aufzuheben.

Verzeiht mir, Freund, diese Liebe
Und daß ich euer Land umfasse,
Als wenn ich eine Sprache schriebe,
Die nie verfalln war eurem Hasse ...

Novemberabend

Sing, Vogel in der Erle.
In der Muschel ist keine Perle.
Aber in dir, Vogel, ist noch ein Lied.
Du kannst es aus der Kehle ziehn,
Einen Faden vom Licht, das dich sommers beschien.
Bist du nicht die Ammer?
Dann schmiede, dann schmiede
Den Faden aus Gold zu einem Liede.
Oder bist du die bläuliche Meise
Und swirrst im Novemberabend so leise,
Eintönig wie sommerabends die Grillen?
(Die säumen ein Gewand aus zwei Stillen.)
Also säume den Abend. Der Abend ist kalt.
Und die Kraniche schreien hinter dem Wald
Aus den Sümpfen bis über den Mond.
Der ist von nichts als von Echos bewohnt.
Sing, bis die Enten und Graugänse kommen,
Die haben den Mond in ihr Auge genommen
Und den Stern, der so oder so heißen mag.
Und sie fliegen in die Nacht aus dem Tag
Wie ein Rauch, der schreit, in der Finsternis.
Als ginge durch die Himmel ein Riß.
Vorher sing noch, Vogel, jetzt in der Weide.
Daß das Licht nicht flieht, sondern sanftmütig scheide.

Dunkler Grund

Immer von neuem entsteht die Frage:
Was sollen wir tun?
Es gibt täuschende Tage,
Da scheinen wir in uns, gesichert, zu ruhn.
Wir kennen den Weg und wissen die Wahrheit.
Und die Erde ist ein für allemal rund.
Doch hinter der scheinbar äußersten Klarheit
Gibt es noch einen dunkleren Grund.
Und Zweifel sind möglich und finden uns wieder,
Wenn wir endlich mit uns im reineren waren.
Und so kann es geschehn: unsre süßesten Lieder
Sind gepreßt aus unseren bittersten Jahren.

Wasserscheide

Wenn die Sprache sich leicht ergibt,
Mißtraue ich ihr
Wie einem, der vorgibt, er liebt,
Und will nur liegen bei mir
Und lügt mit lächelnder Lippe
Etwas von *Ewigkeit*.
Worte ohne Gerippe,
Mollusken aus Eitelkeit,
Kriechtiere ohne Gewissen
Schleimen am Sprachgrund hin
Und schieben sich beflissen
Ins Licht und vor den Sinn
Des Tages, der ist finster
An der Wasserscheide aus Zeit.

Im Regen blüht der Ginster
Gelb wie geheimes Leid.

Depression

Ich bin so müde: Kleine Flamme.
Der Hund fängt Fliegen. Regen geht.
Den ich mal segne, mal verdamme.
Und was der Abendwind verweht,
Sind Nichtigkeiten. Kleinstgefühle.
Eiapopei. Bald dies, bald das.
Durchzittert von der Regenkühle,
Biegt sich im Wind das bittre Gras.
Die Kühe weiden unterm Regen.
Ich bin beschirmt und wie zu Haus.
Und auf den breiten Wiesenwegen
Treiben die ersten Pilze aus.
Man könnte ruhig sein und heiter.
Die Welt ist rund und grün verpicht.
Alles ist nur ein *Undsoweiter.*
Und wenns auch trüb ist, ist doch Licht.
Das kommt ja alles nur von innen.
Außen sind Birke, Gras und Stein.
Und doch muß man mit sich beginnen.
Und wenns auch schwer ist, was soll sein?

Kalt

Manchmal bleiben uns nur unsre Leiber,
Um uns zu helfen, uns zu entkommen.
Der Geist ist ein elender Elendaustreiber.
Er hat uns all unsern Glauben genommen.
Nur auf der Brücke im Fleisch ist noch Halt:
Wärme mich. Meine Seele ist kalt.

Stammbuchverse III

Reden wir nicht weiter darüber:
Das Leben ist, wie es ist.
Jeder kriegt seinen Nasenstüber,
Den er nicht mehr vergißt.

Alle sehn schrecklich ähnlich aus,
Wenn man genau hinsieht.
Die meisten leben für ein Haus.
Doch manche für ein Lied.

Korrespondenz

Der Augenblick, da nichts mehr geht,
Erweitert sich zuzeiten
So, daß man vor dem Abgrund steht.
Finsternis bei den Seiten.

Von oben regnet es zur Nacht.
Von unten nebelt Kälte.

Und eine Eule hat gelacht,
Daß es gespenstisch gellte.

Grüß dich, mein Freund, wie geht es dir?
Nicht lustig, nicht betrüblich.
Genau wie dir so geht es mir:
Nicht nennenswert. Wie üblich.

Tote Liebe

Sonne, schöne Sonne,
Gefährtin meiner Jugend.
Amsel, liebe Amsel,
Die ich kannte, da hatt ich noch Tugend
Und Unschuld zu schweigen.
Zum ersten Mal hörte ich sie,
Als ich siebzehn war. Sang in den Zweigen
Eines Friedhofbaums. So wie nie
Nachher hat sie damals gesungen.
So voll Abend und Abschied der Sonne nach.
Ich liebte einen Jungen,
Von dem keiner mehr sprach.

Ketzerei

Die Unio mystica,
Von der es aus alten Büchern erzählt,
Ist für uns Ketzer nicht da:
Wir sind nicht auserwählt.

Kleinere Sympathie
An Stelle brennender Liebe –
Rheumatisch schmerzende Knie –
Kann das alles sein, was uns bliebe?

Meine Freunde fangen mit *Yoga* an.
Nach dem Marxismus indische Kunde.
Ein jeder sucht, wie er leben kann.
Kein zweiter ist im Bunde.

Um uns ist Leere. Wir bauen sie zu
Mit holzgetäfelten Wänden.
Wir sagen einander Genosse und du
Und halten uns *nicht* bei den Händen.

Wenn wir nicht unsere Kinder hätten,
Die wir lieben müssen mit allen Schmerzen,
Wär in uns die Ödnis von Schädelstätten,
Und Pesthäuser wärn unsre Herzen.

Nationalökonomie

Seltene Tage, da scheint die *Schöpfung* voll
Harmonie:
Eine einfache Folge von Blüte und Frucht.
Allmenschlich beseligt uns Sympathie.
Und es gibt keine Gründe für Furcht und für
Flucht.

Welch schönes Land machen wir uns zu eigen!
Nimm nur die grünen Hügel im Norden,
Zu denen Wiesen und Weiden aufsteigen,
Weit, ohne Willkür, so wie geworden.

Unser Wohlsein wächst aus versammelten Kräften,
Die nichts von ihrer Bewegung ablenkt.
Aber wir hängen auch ab von Geschäften,
Bei denen uns niemand um nichts etwas schenkt.

Die blühenden Gärten sind noch nicht verpfändet.
Oder sind sie es doch? Was sind wir noch wert?
Haben wir nicht schon Brot und auch Licht
verschwendet,
Was, wer denkt, nicht tut, wie der Denker lehrt?

Stimmt noch überein, was wir nehmen und geben?
Sind wir wissend und sehend oder wissentlich blind
Und verbrauchen als sorglose Schuldner das Leben,
Irrgläubig, daß *wir seine* Gläubiger sind?

Flüchtiges Selbstporträt

Lasser Zustand aus Schwäche. Nahe der Ohnmacht,
Die das Verantwortungsstreben zersetzt.
Druckabfallsymptome. Die Wirbelsäule
Von provinzieller Kritik verletzt.
Also gebeugt und nichtoptimistisch.
Einfach nur so. Überhaupt nicht wozu.
Halb Lungen-, halb Kiemenatmer: ein Landfisch.
Tendenzlose Sonne: Brutus, auch du.

Nachts

Ich fürchte den Tod.
Ich gebe es zu.
Ich *fühlmichbedroht*.
Auch du und du,
Ihr habt Angst wie ich
Vor dem Krebs und vorm Krieg.
Das behält man für sich
Und glaubt an den Sieg
Der Vernunft und der Wissenschaft.
Gott geb uns allnächtlich zum Glauben
Die Kraft.

Hypothese

Charakter – das ist Körpersache.
Sobald mein Wohlbefinden sinkt,
Vermindert sich auch mein Charakter:
Flau wie ein Kerl, der heimlich trinkt.
Ich möchte nicht die Hand aufheben.
Die Grenze zwischen Schlaf und Tod
Verwischt sich. Wozu leben?
Von Stumpfsinn und von Erdenbrot?
In solchen Zeiten muß man schweigen
Und warten. Man ist ungerecht.
Wozu denn die Verwüstung zeigen?
Und Mitleid suchen, das ist schlecht.
Der Mechanismus reguliert sich
So oder so doch wieder ein,
Und unser Ich regeneriert sich:
Wir müssen nur geduldig sein.

In Gagra

Abends riecht es aus den Gärten nach Rauch,
Nach dem Holzrauch, den ich so liebe.
Die Tage vergehn und die Nächte auch.
Vielleicht, wenn ich immer hierbliebe,
Würden meine Gefühle sich fügen
Und meine Augen sich eingewöhnen.
So aber ist mir, ich müßte lügen
Und würde versuchen, die Welt zu verschönen,
Wenn ich vom Rauch aus den Gärten schreibe
Und schriebe nicht auch über jenes Bild,
Das in jedem Kiosk hinter der Scheibe
Deutlich zu sehn ist: Allweise und mild
Lächelt der *Vater des Volkes* uns an,
Den man vorzeiten verurteilt hat.
Niemand nimmt Anstoß. Und dieser Mann
Entvölkerte eine Millionenstadt.
Das Väterchen! Geschmückt ist sein Bild.
Und in einem Kiosk hängt dicht dabei
Das kolorierte Großkonterfei
Deutscher *Schlagersterne* ... Sanft und wild
Mischen die Zeiten sich. Irrational ...
Touristisches Lächeln. Exkurs in Geschichte
Für meinen Sohn. Die nächtliche Qual
Macht mir den Rauch aus den Gärten zunichte.

Öhr

Vollkommene Einsamkeit
Unter so vielen Leuten.
Vollkommen freie Zeit.
Mir ist, als muß ich mich häuten.

Nichts ist mir alles, was ich geschrieben.
Fremd sehen meine Worte mich an,
Die ich durchs Öhr der Dichtung getrieben.
Endete etwas? Und was begann?

Wo ist ein Weg, den zu gehen sich lohnte?
Wo sind die Worte, so ungewohnte,
Daß man sie sagen kann, ohne zu speien.
Lohnt es sich noch, die Worte zu reihen

Und sie im Rhythmus der Dichtung zu schaukeln?
Ist alles Dichten nicht nur ein Gaukeln?
Anstatt mit Ernst von der Sache zu sprechen,
Läßt man den Sinn durch die Zeilen brechen …

Schwer ist das Leben und kennt keine Klarheit.
Vermischt ist alles. Schwarz löscht das Weiß.
Wir balsamieren mit Wortöl die Wahrheit.
Die Wahrheit riecht immer nach Blut und
  nach Schweiß.

Stammbuchverse IV

Die taube Stummheit hinter der Sprache,
Die man alltäglich spricht.
Das Schluchzen hinter der schrillen Lache.
Das nie entschlüsselte Gegengesicht:

Wenn man älter wird, hat man es nicht mehr eilig,
Über andern den Stab des Urteils zu brechen.
Jede Möglichkeit im Menschen ist heilig:
Das vorletzte Wort – mehr wolln wir nie sprechen.

Der Kern

Es muß einen Kern geben,
Zu dem man vordringen muß.
Natürlich: das Leben ist keine Nuß.

So sag doch einfach die Wahrheit:
Wenn es Nacht war, wird es Tag.
Ist das nicht die äußerste Klarheit?
Wer siegte, wer unterlag?

Wenn man gelebt hat, muß man sterben.
Vielleicht ist der Kern der Tod?
Wer wird die Welt erben?
Wer ißt unser Brot?

Werden alle lernen zu denken?
Haben alle dazu Zeit?
Muß man die Menschen lenken,
Damit man sie befreit?

Werden alle Menschen sich gleichen?
Wenn es sein kann, wann wird es sein?
Sprich nicht von Armen und Reichen!
Laß die Frage in dich ein.

Achte nicht auf die Namen,
Sie sind auswechselbar.
Es gingen und es kamen
Die Namen Jahr für Jahr.

Vielleicht ist es der Schluck Wasser,
Den du dem Dürstenden gibst,
Und daß du inmitten der Hasser
Den, den du hassen sollst, liebst.

Ich weiß nicht: was ist der Kern?
Muß es einen geben?
Gibt es nur einen Stern?
Gibt es nur ein Leben?

Falter

Es könnte ein Gedicht sein,
Das nur aus *Ach* besteht:
Ein Seufzer wie ein Falter,
Der taumelt und vergeht.

Zeichen

Wacholder, kleine Zypresse,
Sinistres Geschöpf aus Heidesand,
Bitternis, die ich esse

Mit den bläulichen Beeren im Januar.
Es ist immer noch Abend.
Doch ist es, so scheint es, ein anderes Jahr.

Die Himmelsrosen verbleichen.
Mond und Sterne sind
Trigonometrische Zeichen.

Die Eiszeit der Seele beginnt?

Rotdorn

Wir haben zwei Rotdornbäume gepflanzt.
Ich kann sie von meinem Fenster aus sehn.
Als Kind hab ich unterm Rotdorn getanzt,
Und manches Liebe ist da geschehn.

Jetzt haben wir für uns Rotdorn gepflanzt.
Von meinem Fenster aus kann ich ihn sehn.
Ich werd es nicht sein, die unter ihm tanzt.
Und auch das Liebe wird andren geschehn.

Fahrwohl

Das Gelb tut meinen Augen wohl.
Der Herbst ist sanft und abends Regen.
Noch pfeift der Wind nicht sein Fahrwohl.
Noch könnte man sich schlafen legen

In diesen Wind und wär gewiegt,
So kaum, wie es die Blumen biegt,
Die gelben Süßkartoffelblüten.

Wie sich die Pflanzen sommers mühten,
Sich auf den nackten Sand zu gründen,
Um ihn zum Herbst hin zu entzünden!

Das Gelb tut meinen Augen wohl,
Das letzte Gelb der müden Tage.
Noch pfeift der Wind nicht sein Fahrwohl.
Noch ists ein Lied und keine Klage.

Bei Isbor

Da war ich glücklich ohne Grund.
Auf einem Hügel, der grün war. Und
Weiter war nichts. Ein sonniger Tag
Beim alten Isbor im Pskower Land.
(Das war meiner Seele seit langem bekannt.)
Frauen kamen und melkten Kühe.
Ein Kirchlein. Ein Friedhof. Verfallen. Versöhnt.
Und weiter war nichts. Silberne Frühe.
An deren Rande Nachtschwärze dröhnt.
Geschichte gewichtslos: Licht auf der Haut.

Das Gesicht von wildem Flieder umblaut.
Liebe, was ist das. Tod? Was vergeht:
Grün, das im Frühwind den Hügel umweht.

Signale

Den Erdball umfliegen die Stimmen der Dichter:
So vieler Dichter aus so vielen Zeiten.
Ich sehe die Stimmen als kosmische Lichter
Einander sich nähern, einander entgleiten.
Doch wie sie sich nahen, empfangen sie Strahlen
Und senden einander Signale zu:
Sieh her, so verwandelte ich meine Qualen
In Leuchtkraft aus Worten. Und wie siegtest du
Über dich selber? Wie sind deine Zeichen?
Was hast du aus deinem Leben gemacht?
Wir können einander nur redend erreichen
Mit Worten aus Licht in der kosmischen Nacht.

Glaube

In Ermangelung eines besseren Glaubens
Glaube ich an mich.
Ich sage mir: Daß du da bist, ist wichtig.
Und: Es geht nicht ohne dich.
Dabei hab ich in Skopje gesehn,
Wie nach dem großen Beben,
Als wärn all die Tode nicht geschehn,
Die Lebenden weiterleben.
Und jeder war wichtig, der da verging.
Und es ging vorher ohne keinen

Von ihnen ... Gesprengt ist der Ring.
Nur noch Schatten über den Steinen.
Aber wir haben keine Wahl,
Als an uns festzuhalten.
Bei uns beginnt die Milliardenzahl.
Und wir müssen sie gestalten.

Memento

Für Lars Gustafsson

Immer das Schuldgefühl gegen Orte,
An denen man nur vorüberging.
Immer das Schuldgefühl gegen Menschen,
Mit denen man nichts als ein Lächeln anfing.
Als wär nicht an jedem Orte die Welt.
Und als wäre nicht jeder Mensch ein Wunder.
Wir zeigen einander, wir Seelenerkunder,
Nur Züge von Masken. Wir sehen uns nicht.
Wir fürchten uns vor dem *eignen* Gesicht.
Wir wolln *anders* leben.
Wir wolln *anders* lieben.
Und werden vom gleichen Gesetz getrieben.
Und jede Verzückung und jede Qual
Gibt es auf Erden milliardenmal.

Glück

Solange wir leben, streben wir
Nach dem Sättigungsgrad von Glück,
Bei dem wir verstummen.

Kehren die Worte zurück,
Sind wir schon aus der Woge heraus,
Die uns von uns befreit.
Spricht man das Glück mit Worten aus,
Ist es von uns schon weit
Entfernt. Wir suchen schon
Nach dem neuen Aufschwung ins Nichts.
Glück ist die Explosion von Zeit
An der Überfülle des Lichts.

Schuld

Wenn uns wer sterben will, schreckt uns,
Wie Leben sich in Schmerz verwandelt.
Wie es auch war: wir sind in Schuld.
Und nun wird nichts mehr abgehandelt.

Werte

Die guten Dinge des Lebens
Sind alle kostenlos:
Die Luft, das Wasser, die Liebe.
Wie machen wir das bloß,
Das Leben für teuer zu halten,
Wenn die Hauptsachen kostenlos sind?
Das kommt vom zu frühen Erkalten.
Wir genossen nur damals als Kind
Die Luft nach ihrem Werte
Und Wasser als Lebensgewinn,
Und Liebe, die unbegehrte,
Nahmen wir herzleicht hin.

Nur selten noch atmen wir richtig
Und atmen Zeit mit ein,
Wir leben eilig und wichtig
Und trinken statt Wasser Wein.
Und aus der Liebe machen
Wir eine Pflicht und Last.

Und das Leben kommt dem zu teuer,
Der es zu billig auffaßt.

Der Rest

Hundskamille und Skabiosen,
Schafgarbe, Blutweiderich
Und die Welt der kleinen Falter,
Fischreiher, Wildentenstrich:
Das fügt sich zu nichts zusammen,
Was sich bilanzieren läßt.
Wollte man es auch berechnen,
Immer bliebe noch ein Rest
Von Geheimnis und von Dunkel:
Was geht uns das alles an?
Doch wir leben *auch* von Dingen,
Die man *nicht* berechnen kann.

Nach wie vor

Ich ging in den Wald. Wollte Grünlinge suchen.
Doch das lodernde Laub der Oktoberbuchen
Im sonnendurchfluteten Wald
Hat mich verwirrt: Wie beschreibt man Farben,

Die fließen wie Honig und Harz
Über Blattstrukturen, die langsam vernarben?
Das Astholz steht dazu schwarz,
Das eigentlich grün ist und überdunkelt
Von Feuchte. Es leuchtet nicht.
Doch in jeder feuchten Blattmulde funkelt
Eine Feder aus springendem Licht.
Ich ging in den Wald. Wollte Grünlinge suchen.
Und brachte nur Worte nach Haus.
Und nach wie vor sah das Laub der Buchen
Unbeschreiblich aus.

Lied

Die letzte Sonne des Jahres.
Der letzte Schmetterling.
Violett blüht die letzte Distel,
Da wo ich gehe und ging
Im Vorjahr und all die Jahre
Vor diesem letzten Jahr.
Wieder die Abschiedsvorstellung.
Was ist, was wird und war,
Verschwimmt in eines. Verändert
Bin vielleicht nur ich.
Und eines Herbstes septembert
Es ohne mich.
Die letzte Sonne des Jahres.
Der letzte Schmetterling.
Violett blüht die letzte Distel,
Da wo ich gehe und ging.

Oktobernacht

Ich mache ein Gedicht,
Das aus Schweigen besteht.
Löscht meine Worte aus
Und seht: Der Nebel geht
Über die Wiesen. Und droben
Der große Oktobermond.
Die Nacht ist von schreienden Hirschen
und ihren Jägern bewohnt.
Die Nacht ist völlig windlos.
Keine Bewegung im All.
Bis auf die Birke mit ihrem
Lautlosen Blätterfall.

Widerhall

Sobald man sich vom Haus entfernt,
Bemerkt man: Die Erde ist rund.
Und sie ist kosmisch eingesternt
In einen Weltenbund.
Die Schwerkräfte verlagern sich
Aus uns hinaus ins All.
Sagen wir tapfer weiter: *ich*.
Wir hörn den Widerhall.
Die Wirkung, die der Raum uns schafft,
Hört nicht an Grenzen auf.
Kosmisch wird unsre kleine Kraft
Und endlos unser Lauf.

Rose

Das Licht hat in der Rose geschlafen.
Nun kommt es herauf und macht sie reich.
Als sich Rose und Nachtigall trafen,
Schlief das Licht. Und die Rose war bleich.

Erkenntnis

Generalnenner des Lebens
Ist und bleibt für immer: der Tod.
Unser Übermut ist vergebens:
Wir kommen nicht los vom *Brot*,
Das wir uns teilen müssen,
Brechen von Hand zu Hand.
Erst wenn wir das sicher wissen,
Haben wir uns *erkannt*.

Die *eine* Rose

Die *eine* Rose überwältigt alles,
Die aufgeblüht ist aus dem Traum.
Sie rettet uns vom Grund des Falles.
Schafft um uns einen reinen Raum,
In dem nur wir sind und die Rose.
Und das Gesetz, das sie erweckt.
Und Tage kommen, reuelose,
Vom Licht der Rose angesteckt.

Nur einmal so

Es ist ja nur der Wind, der geht,
Der Wasserwind vom Februar,
Der nach dem Schnee dem Regen weht.
Der Winter, der kaum Winter war,
Zersetzt sich langsam. Unterm Grau
Der Wiesen ist schon Grün zu sehn.
Und manchmal riecht es wie nach Tau
Und so, als soll bald was geschehn.
Und wieder weiß man nicht, was wird?
Man weiß nur: es wird *anders* sein.
Wer meint: *das* wiederholt sich, irrt:
Nur einmal *so* fällt Frühling ein.

Risiko

Es gibt zwei verschiedene Haltungen
Gegenüber dem Leben.
Die eine: Streben nach Sicherheit.
Die andre: Sich über Schicksal und Zeit
Und alles das erheben.

Das Risiko muß man bejahn:
Man arbeitet ohne Seil.
Es macht nichts, wenn man sich außen verletzt:
Innen bleibt man heil.

Das ist die Haltung der Sucher und Finder:
Nicht auf Sicherheit, auf Sinn eingestellt,
Können sie auf fast alles verzichten,
Nur nicht auf ihren Entwurf von der Welt.

Leben

Ich falle nicht aus Gottes Hand.
Ich halte mich. Ich bleibe fest.
Wann immer mich das Leben fand
Und würgte mich. Ein Rest
In mir blieb ungerührt.
Verführt
Vom Leben, lebe ich.
Und wirfts mich:
Ich *erhebe mich*.

Winter

Es hat auf die Rosen geschneit.
Die Rosen sterben im Schnee.
Will sehn, daß ich Winter und Zeit
Überblüh und übersteh.

Zwiegespräch

Zwiegespräch

Rühr mich an, Gras, sprich mit mir,
Graues Gras des falben Sandes.
Waldgras, Raingras, sprich zu mir
Ohne Worte des Verstandes.

Zungenloses, sprich mit mir.
Augenloses, sieh mich gehen.
So gewiß kam ich zu dir:
Du wirst mit mir einverstehen.

Rühr mein Herz, o sprich mit mir.
Es verlangt mich so nach Rührung.
Karges Gras, sprich karg zu mir.
Ohne Worte der Verführung.

„Armes Kind“, so sprich mit mir,
„Kennst du mich noch? Was soll werden?
Besser bleibst du jetzt bei mir,
Denn hier kannst du wieder werden,

Wie du warst.“ So sprich mit mir.
Ja, ich hab es einst besessen.
Was es war, Gras, sag es mir.
Gras, ich habe es vergessen.

Märkischer Juni

Das Silber der Gerste ist Bronze geworden.
Das silberne Bauchvlies der Felder verschwand.
Jetzt hat der Juni die Grannen geröstet.
Der Roggen wird falb. Satt liegt das Land,
Ein schlafendes Tier in der Mittagsschwüle.
Doch in der windigen Abendkühle
Bläst es kleine Fontänen Sand
Beim Atmen aus. Die staubigen Raine,
An denen Mulden voll Mohn verglühn,
Sind in Bewegung zum Kiefernhaine,
Den würgend wilde Holunder durchblühn.
Die Dörfer schlafen den Schlaf der Rosen,
Die dämmernd in sich versunken sind.
Hofhunde verbellen in mondscheinlosen
Halbnächten furchtsam das weidende Rind.

Trauer

Die glühenden Nächte im Juli.
Und der Tod kam über des Nachbarn Haus.
Sein kleines Kind ging aus
Wie eine Flamme.
Zwei Fledermäuse flogen nachts in mein Zimmer.
Sie weckten mich schwirrend im Dämmer gegen eins.
So ist das Leben also noch immer:
Da war ein Kind und ist nun keins.
Die Mutter habe ich als sie klein war, gekannt.
Damals ist sie an meiner Hand gegangen.
Heut hielt ich wieder ihre Hand.
Mit Worten war nichts mehr anzufangen.

Die Trauerflügel der Fledermäuse
Durchflirren das beinweiße Gräberlicht.
Dunstschwüle drückt sich ins offne Gehäuse
Und tränt von meinem versteinten Gesicht.

Grüner Tag

Ich war bei der Nachtigall.
Der braunen mit dem blauen Schall.
Die wußte schon, was ich klagen wollt, all.
Und schlug es schmetternd in den Wind:
Tod oder Leben. Greis oder Kind.
Alles ist eins ist eins ist eins.
Was du besitzt, ist nicht wirklich deins.
Was einer singt, nur das ist seins.
Hin über die Kehle. Herauf aus der Brust.
Von Gipfel zu Gipfel. Von Lust zu Lust.
So sang die braune Nachtigall
Den grünen Tag mit blauem Schall.

Abend

Nach Matthias Claudius
und Caspar David Friedrich

Abgründige Himmel abends:
Schlünde voll fließendem Licht.
Tiefer und tiefere Röte,
Die golden am Grund aufbricht.
Die milde Kühle der Gräser.
Der wilder grüne Geruch
Von Bärlauch, Beifuß und Nesseln.
Der irre Fledermausflug

Vor der verlodernden Ferne,
Die langsam niederbrennt.
Deutlich werden die Sterne,
Zeichen am Firmament.
Die ärmsten Geräusche wachsen
Über ihren Ursprung hinaus:
Eine vereinzelte Kiefer
Klagt sich am Abendwind aus,
Als würd eine Tür geöffnet,
Zögernd, einen Spalt,
Und ängstlich wieder geschlossen:
Die Nacht kommt und ist kalt.
Ihre Krallen schärft die Katze
An der Regentonne nach.
Die Sperlinge atmen flacher
Unterrn Sparren am Scheunendach.
Die Augen der Katze glimmen
Die Hopfenwand hinauf.
Ein Vogel schreit vorm Tode.
Und der Mond geht auf.

Roter Juni

Über die Gräser geht Blütenstaub.
Dunst geht über die Wiese im Licht.
Schottische Rosen stehn rot im Laub.
Aber die Rosen blühen noch nicht.

Noch ein paar Tage, noch eine Stunde,
Dann wird die erste Blüte aufgehn
Wie eine lange verheimlichte Wunde
Und sich dem heilenden Licht zudrehn.

Grüner Juni

Tropische Stimmung im märkischen Garten.
Regendünste dicken die Luft,
Sämig schon vom blühenden Duft
Der Holunder, die zu Wäldern entarten.

Als wir begannen, wurzelten wir
Schößlinge vier von dem wilden Flieder.
Jetzt beugen vierzig Bäume sich nieder,
Bekrochen von allerlei niederm Getier

Und durchflogen von Vögeln. Die blaue Meise
Ist wie ein Tropfen im Schaum versunken.
Da hat im Herbst die Drossel getrunken.
(Narkotische Kräfte zur glücklichen Reise.)

Nun fehlt nur noch, daß Kolibris fliegen
Durch unsern tropischen Regengarten.
Daß wir auf Paradiesvögel warten,
Läßt uns über alle Zweifel obsiegen.

Freiheit

Wie es scheint, soll nun das meine Freude sein.
Die einzige Freude, die ich noch habe:
In der Sonne sitzen auf einem Stein.

Zu Füßen die Wiese im grünen Grund.
Eine Wildtaube fliegen sehen
Und mich erinnern mit lächelndem Mund.

Die heimliche Freiheit der Einsamkeit
Im stillen Monat September.
Das war schon immer die beste Zeit.

Lavendelfarbenes Bergknöpfchen blüht.
Um die Schafgarbendolden streift eine Biene,
Die sich zum Sommerende noch müht.

Das Bienensummen schläfert mich ein:
Ein freundliches kleines Nirwana.
Und die Sonne wärmt mein altes Gebein.

Wie es scheint, soll nun das meine Freude sein.

Bläue

Diese Septembertage: wie Bögen
Von Morgen zu Abend gespannt.
Früh Nebel. Kälte. Drei Stunden später
Steht eine kasachische Sonne über dem Land,
Das grün ist nach diesem verregneten Sommer.
An den Birken noch nicht ein gilbendes Blatt.
Die Weiseren wußten es: so wie immer
Findet auch dies Jahr der Ausgleich statt.
Wie gewaschen der Himmel. Von wirklichster Bläue.
Nur überm Walde von leisesten Wolken besetzt.
Noch jagen die Schwalben. Noch tragen die Bienen.
Und wollen wir leben – wann wenn nicht jetzt,
Wo die heimlichen Grillen noch lichtselig sind.
Wo der Rabenschrei nichts als Taglust bedeutet
Und die Wärme so stark ist, daß sich die Libelle
Noch mit Hoffnung der Nacht ihres Panzers enthäutet.

Triumphale Tage von Morgen zu Abend.
Blaue Bögen von Nebel zu Nebel gespannt.
Hohen Mittags träuft von der Wölbung die Bläue
Und erblüht als Viole im glücklichen Sand.

Schöner Herbst

Bessere Tage gibt es noch immer:
Briefe kommen, man bleibt *doch* verbunden.
Abende gibt es mit Sonnenstunden.
Bücher von Freunden im friedlichen Zimmer.

Richtig verschnitten hab ich die Rosen.
Ende September blühn sie noch mal.
Sacht am Kalender dreht sich die Zahl.
Herbst wird es ohne Toben und Tosen.

Wohl hatten wir schon Reif in der Frühe.
Frostschwarz hängen die Kürbisblätter.
Jetzt ist fast wieder Sommerwetter.
Nächtlich im Wiesental weiden die Kühe.

Gut ist auch das, ihrem Atem zu lauschen,
Wenn man spät noch einmal am Birkenweg steht
Und ein Stern im Eis der Ferne vergeht
Und die nahen Wasser frühlinglich rauschen.

Gegenblüte

Seele seltsames Gewächs.
Gegenblüte zum welkenden Leib.
Die ich zerfallenden Zellen enttreib.
Duftender als die persischste Rose.
Die keiner ersieht. Die keinen umfächelt.
In sich wie eine Lilie lächelt.
Tiefviolett und tauüberfunkelt.
Eh sie im Abdruck der Worte nachdunkelt.

Wind

Kühler Abend ins Ungewisse
Anfang Oktober. Die Welt hat Risse.
Frost dringt hindurch. Es leidet
Mein Freund. Ich denke
Worte an ihn. Sagen
Kann ich die Worte nicht.
Daß ihn kein Mitleid kränke.
Wenn eins vom andern scheidet,
Schmerzen selbst Freundesfragen.
Es hilft nicht, wenn man spricht.

Kalter Abend, von Norden kommt Wind.
Wohl denen, die beieinander sind.

Pasternak

Einer ist hinausgegangen.
Und der Winter fiel auf ihn.
Mit ihm hat es angefangen.
Seltsam, so wie Vögel ziehn.
Und auch er zog in den Süden.
Wie wir alle suchte er
Wärme, so als ob die Wärme
Fern von uns zu finden wär ...
Schließlich fand er sie im Schnee.
Und nach einer langen Zeit
War er frost- und feuerfest.
Und er schrieb: es schneit, es schneit ...

Leben

Jahre des Sees und der Seele.
Jahre des Schnees von künftigem Glück.
Auf einmal war alles vorüber.
Schon bleibt die Sonne zurück.
Sie leuchtet noch auf dem Wasser
Und blendet vergehenden Schnee in uns auf.
Dann wird alles immer blasser
Und löst sich in Nebel auf

Märzsonne

Die Meisen klingeln im Birkengeflimmer.
In den Weiden auch. Über Schnee und Schimmer
Scheinet auf Sonne das schöne Gestirn

Und löset die Klöpplein in Vögeleins Hirn.
Das klingelt und pingelt und rieselt vom Zweig:
Merket ihrs, merket ihrs, grün wird der Steig!

Heiteres Licht

Wie Duft erotisch wie Wohlgeruch
Die Stimme der Amsel wie Zauberspruch.
Ganz sinnlich wird mir lustig zu lieben.
So haben wir wieder den Winter vertrieben!
Nun soll mir kein arges Wort mehr entkommen!
Die Amsel hat mich zusammengenommen.
Heiteres Licht läßt die Wässerlein beben.
Ich pfeife mir eins. Spitzfindiges Leben!

Grünes Stück

Ja doch, es lebt sich! Nichts als Schimären,
Grillen gezeugt in Dunkelheit
Zirpten aus mir in finsterer Zeit.
Jetzt soll die Kehle sich wieder klären.
Ich singe ein Lied von Sonne und Glück.
Summe dem Frühling sein grünestes Stück.
Kontrapunktiert vom Gesumm einer Biene.
Dazu macht Leben zärtliche Miene.

Gebot

Lösch aus die Worte, die du fandest.
Sie sind gelebt, geliebt und satt.
Und was du im Gedicht verbandest,
Verlier es, wie der Baum sein Blatt
Verliert, sein abgelebtes Leben.
Wenn sich in ihm Zeit und Gezell
Zum Knospenkeim anheben.

Interruptio

Ich muß meine Trauer begraben
Um das ungeborene Kind.
Das werde ich niemals haben.
Dämonen pfeifen im Wind
Und flüstern im Regen und speien
Mir grade ins Gesicht.
Und mag auch *Gott* mir verzeihen.
Ich verzeihe mir nicht.
Es hat mich angerufen,
Es hat mich angefleht,
Ich sollt es kommen lassen.
Ich habe mich weggedreht.
Es gab mir kleine Zeichen:
Eine Vision von Haar.
Und zwei, drei Vogellaute
Einer Stimme von übers Jahr.
Ich hätt es sehen können,
Hätt ich es sehen gewollt.
Es war ja in mir entworfen.
Ich aber habe gegrollt

Über die Tage und Jahre,
Die es mir nehmen wird,
Und uns meine grauen Haare,
Die Krankheit. Und, wahnwitzverwirrt,
Hab ich mich darauf berufen,
Ich sei *zum Schreiben bestellt*.
Dabei war vielleicht diese Hoffnung
Viel wichtiger für die Welt
Als all meine Selbstverzweiflung
Und die kleinen Siege in Grün,
Die ich dem Leben abringe,
Und den Dingen, die dauern und fliehn.
Das schwere Recht der Freiheit
Hab ich für mich mißbraucht.
Und hab mich für immer gefesselt.
In Tiefen bin ich getaucht,
In Trauer bis zum Irrsinn.
Es brodelt noch neben mir.
Die unsühnbare Sünde
Unterscheidet mich vom Tier.

Nach einem Schmerz

Keine Signale im All.
Alles hat mich vergessen.
Hab wie ein Maulwurf gehaust.
Habe nur Erde gefressen.
Taumle nun taub und wie blind
Aus meinen Qualen ans Licht.
Aufwärts gerissen vom Wind,
Heb ich mein Menschengesicht.

Birkenmaß

Das Absolute: die Birke.
(Besser weiß ich es eben nicht
In meinem begrenzten Bezirke:
Die Birke und das Gedicht.)

Die Schönheit des Unbewußten.
(Das Freisein von Wissen und Schuld.)
Weiße Seide unter den Krusten
Und der Silberglanz großer Geduld.

Und immer und immer: die Bäume.
Wie ein ewiges Leben im Licht.
Und meine vergänglichen Träume,
Gehoben hinauf ins Gedicht.

Das halte ich manchmal daneben
Und meß es mit Birkenmaß.
Weil ich wissen will: wird es noch leben,
Wenn ich meine Träume vergaß.

Schnee

Heut fühle ich zum ersten Mal
Wie Tote fühlen, wenn es schneit.
Es schneit so einsam vor sich hin.
Und man hat für die Stille Zeit

Und horcht den kleinen Schneegeräuschen,
Dem Knistern, Flüstern oder was.
Und man braucht niemand mehr zu täuschen.
Und es gibt Schnee und nichts als das.

Und man lernt gründlich, was die Welt war,
Die grüne, die von Gras und Stein,
Und wie geräumig der Fleck Erde,
Der schien uns sonst so seltsam klein

Und nimmt nun uns auf und nimmt andre,
Die nach uns kommen nach der Zeit.
Und nahm die Fremden, die vor uns warn.
Und auch auf sie hat es geschneit ...

Forderung

Laßt mich in Ruh. Fallt mich nicht an
Mit Rühmlichkeiten und mit Reden:
Was man von mir erwarten kann.
Macht keinen Anspruch an mich. Jeden
Gedanken, den ihr mir aufzwingt, stoß ich ab.
Ich sehe, was ich seh. Und geben
Kann ich nur, was ich in mir hab.
Das geb ich ganz und geb *mein* Leben.

Farbenzeiten

O Farbenzeiten. Blaue Zeit.
Blau war die Kindheit. Eine Weile.
Nun wächst in mir die weiße Zeit.
Die ich mit Mond und Wermut teile.

Gefahr

Ich war in letzter Zeit in äußerster Gefahr,
Mich einfach fallnzulassen.
Ich, die so standhaft war
Gegen das Alter, fing doch an,
Mich meinen Jahren anzupassen,
Und fragte: Ob ich das noch kann?
Und jenes, soll ich es nicht lassen?
Das ist die Probe: Hab ich Kraft,
Dem Selbstmitleid zu widerstehen,
Oder bin ich schon so erschlafft,
Mich vor dem Leben vorzusehen?
Ich helfe mir, indem ich mich
Bewußt belaste und bebürde.
Und meine Kraft erneuert sich.
Und ich bezwing auch diese Hürde.

Was heilig ist

Heilig sind Kinder. Der große Entwurf
Einer Gestaltung, die nie ganz gelingt.
Für deren programmierte Entfaltung
Keiner von uns die Geduld aufbringt.
Wir haben so sehr mit uns zu tun,
Daß wir sie achtlos aufwachsen lassen.
Wir sorgen für sie mit Kleidern und Schuhn
Und lehren sie, nicht die Zeit zu verpassen.
Wir unterwerfen sie der Dressur
Und bequemen sie den Verhältnissen an.
Manchmal erschreckt uns ihre Natur:
Die Unschuld, der man nicht antworten kann.

Nach Lewitan

Ich bin eine einsame Kirche im Norden
Unter bleichem Himmel an einem See.
Wenn es kälter wird, fällt auf mich Schnee.
Ich bin von Holz und brüchig geworden

Und bedeute nichts weiter, als hier zu stehn
Unter Himmeln und um mich Wolken fliegen.
In meinem Namen kann keiner siegen.
Kein Recht und Unrecht wird durch mich geschehn.

Brot

Man muß sein Brot mit gar nichts essen.
Mit nichts als Licht und Luft bestreut.
Gefühle die man ganz vergessen,
Geschmack und Duft der Kinderzeit,
Sie sind im trocknen Brot beschlossen,
Wenn man es unterm Himmel ißt.
Doch wird die Weisheit nur genossen,
Wenn man den Hunger nicht vergißt.

Nordwind

Feindliche Strömungen
Dringen zu mir.
Wahn springt mich an,
Haß, Neid und Gier.

Wer sich hinauswagt unter die Leute
Mit Worten, im Vertrauen geschrieben,
Ist wie das Lamm vor der hechelnden Meute.
Doch gibt es auch Menschen, die mich noch lieben.

Das ist eben Leben, wie Leben ist.
Und wie es gegeben wird, wird es genommen.
Es ist nur der Preis, den man vorher vergißt.
Auch hätt ich es gern etwas feiler bekommen.

Mir ist nicht heiter, doch kann ich wohl sagen,
Das kleine Brennesselgrün ist mir lieb
In diesen kalten aprilenen Tagen,
Denen der Nordwind die Milde austrieb.

Die Kette

Woher soll mir eigentlich Heiterkeit kommen?
So viele verzweifelte Menschen gehn um.
Gewöhnliche Leute, alltäglich stumm,
Doch mehrere haben mich angenommen

Als Freund mir um Rat geschrieben.
Als ob ich Rat zu verteilen hätte!
Ich kann nur sagen: hängt euch in die Kette,
Haltet einander, verzagt nicht zu lieben,

Auf daß ihr nicht stürzet ins Bodenlose,
Daß euch der Abgrund des Nichts nicht verschlingt.
Hört, wie die Amsel doch abendlich singt!
Seht doch, auch ihr seid benachbart der Rose!

Ausgleich

In den Maifrösten waren die Eichen erfroren.
Im Juni treiben sie Blätter nach.
Zärtliches Grün trübt mir die Augen.
Wie wenn mir einer zärtlich sprach.

Geheimnis

Einen Tag scheint es: gar nichts geht mehr.
Andern Tags: alles kann wieder beginnen.
Gestern war mir das Leben zu schwer.
Heute bin ich bei allen Sinnen.

Woraus der Wechsel sich immer ergibt?
Ich habe mit meinem Leibe geliebt.

Ahnung

Ich wußte ja, daß es kommen wird,
Daß all meine Kinder von mir gehen.
Doch dachte ich nicht, es soll jetzt geschehen.
Es ging so schnell! Ich bin wie verwirrt,
Als würde ich krank, als hätte ich Fieber,
Mir ist zum Weinen, weil nun auch mein lieber,
Noch eben kleiner Sohn mich verließ.
Die Zeit ist vorbei, da es „Mutter!“ hieß
Als erstes Wort morgens, als letztes zur Nacht.
Was haben wir mit dem Leben gemacht,
Daß es so jagend vorbeigeschnellt ist.
Nun nur noch Schmerz, der sich nicht mehr vergißt,

Weil es ihm keine Heilung gibt.
Ich habe die Söhne als Kindlein geliebt,
Als mein als mein als selbstausgebrütet.
Und Eifersucht hat sie großgehütet.
Nun zeigt es sich, daß sie Menschen sind
Mit ihrem Recht und niemandes Kind.
Und ich bin ledig so wie vor Jahren,
Arm aber reich am Leben erfahren.
Und Ahnung von Möglichkeit wandelt mich an:
Ich kann neu beginnen! Wenn ich es kann.

Einsicht

Illusionäres Bemühen, mich umzubauen,
Das Intellektuelle zu hypertrophieren.
Ich bin wie all diese ländlichen Frauen
Zwischen Haus und Garten, Kindern und Tieren.

Mir ahnet nun, daß ich endgültig bin,
Wie ich bin. Ich werd mich nicht ändern.
Das Leben lebt sich nach Tagen hin.
Und sehn ich mich auch nach leichteren Ländern,

Ich werd diesem Sandland niemals entkommen.
Auf dem Hügel vorm Haus wird man mich
einst begraben.
Dann heißt es: sie hatte sich angenommen.
Überein stimmt ihr Saldo, Sollen und Haben

Hat sie poetisch zum Ausgleich gebracht.
Büchlein Lieder hat sie hinterlassen.
Nur ich weiß es: ich war anders gedacht.
Doch konnte ich nie die Entschlüsse fassen,

Die nötig waren, um weiter zu gehen,
Fort aus dem Dunstkreis von Heimat und Haus.
Allein auf eisigem Gipfel zu stehen,
Dazu reichten meine Kräfte nicht aus.

Und weil so viele mir ähnlich waren
Zu meiner Zeit, unter Bürden des Lebens,
Schien es mir manchmal in glücklichen Jahren,
Daß es gut so sei und Gesang nicht vergebens.

Die Kleine-Leute-Mentalität
Der häusererhaltenden Ordnungsliebe
Hat mich beherrscht. Jetzt ist es zu spät,
Daß ich noch Schneisen ins Weglose triebe.

Lust der Entdeckung

Die Dörfer der Kindheit, die sandigen Dörfer
Mit Schneckenschwarz unterm Fliederstrauch
Und Klettengrau der staubigen Sommer …
Der *Ungeist* wütete damals auch,
Wie man erfuhr in späteren Zeiten
Über diese Zeit. Ich aber sah
Erstmals Hühner in Tagschlaf gleiten,
Nistend im Hofmulm. Und es geschah,
Daß sie girrten im halben Schlummer.
Sie schlossen das untere Augenlid!
Lust der Entdeckung! Jenseits von Kummer,
Der die Erinnerung trübe durchzieht.

Entschluß

Freimut zu bekennen:
Ich bin ich.
Ich werd auf meinem Wege gehen
Und werde sagen, was ich da gesehen,
Und keiner überredet mich,
Das Schwarze auch nur grau zu nennen,
Geschweige denn weiß. Es ist an der Zeit,
Zum Wort, das uns anvertraut ist, zu stehen.
Es mag mir ruhig Schaden geschehen.
Geschieht nur dem Geist der Wahrheit kein Leid.

Verlust

Gab es nicht noch ein andres Gedicht
In meinem Gedächtnis. Wo ist es geblieben?
So fördert es niemand mehr niemals ans Licht?
Ich hatte es noch nicht in Zeichen geschrieben,

Nur Worte tonlos zu Türmen gebaut
Und lautlose Zeilensäulen zu Bögen
Verstrebt und den Zeiten vertraut,
Daß sie die Schemen ins Sichtbare zögen.

Nun sind die lautlosen Säulen zerbrochen.
Die tonlosen Türme zerscherbten zu nichts.
Nichts ist geschehn. Ich hab nicht gesprochen.
Das schmerzt mich so wie Verlust des Lichts.

Zeitwind

Die Stimme verlieren –
Furcht aller Sänger. Sie schützen die Kehle.
Aber wie schützt man vorm Zeitwind die Seele.
Dem Dichter kann sie erfrieren.

Absage

Herausreißen aus den Konventionen,
Dem Marionettenverhalten der Zeit:
Um zwanzig Uhr oder zwanzig Uhr fünfzehn
Sitzt alles in Sesseln und Sofas bereit
Zum Empfang von Gefühlen und kleinen Gedanken.
Millionen sehen das gleiche Bild.
Sie fahren auf Schienen und halten an Schranken
Und sind zu Unterwerfung gewillt.

Wer wählt ein Buch? Wer sucht die Bewegung
Einer Musik, die er sich gesucht?
Wer widersteht der Massenerregung,
Die auf Kommando Heil schreit und flucht?

Bitte

Sei sanft, wenn du kannst, das Leben
Ist sowieso hart und schwer.
Vielleicht hat es das früher gegeben,
Jetzt gibt es das nicht mehr:
Leicht sein und einfach leben
Ohne Nutzungs- und Musterungsschein.

Wenn wir uns nicht Liebe geben,
Uns umfangen und uns erheben,
Betonieren sie uns ein.

Aussicht

Nur von einem Punkt auf den Hügeln
Sieht man das Land, wie es wirklich ist.
Nur in der Furcht des Verlustes
Weiß ich wirklich, was du mir bist.

Januarabend

Auf den frisch gestoßenen Maulwurfshügeln
Krümmt sich Reif wie Gewürm aus Tau.

Die tausendarmigen Einzelkiefern –
Saugende Kraken am Abendgrau.

Vom Abend des fünften Februar

Ein klassischer Winterabend.
Die Kälte zieht an. Der Wasserduft
Getauten Schnees gefriert in der Luft.
Jetzt ist es schon heller als im Dezember.
Gegen sechs Uhr ist noch Zwielicht zu sehn.
Klar sieht man im Westen die Abendröte.
Nach Süden sieht man den Mond aufgehn.
Vom ganz weißen Schnee steigt weißer Dunst.
Oder ist es die Dämmrung, die langsam aufsteigt?

Das ist die Stunde der Lebensgunst.
So sieht das Glück aus, wenn es sich zeigt.

Trauer nach Süden

Der Absturz ist schrecklich: vom blauen Süden
In dieses gelbe und graue Land.
Ich kann und kann nicht wiederfinden,
Was ich doch früher zu Hause fand.

Ich liebe die Lieder, die südlichen Lieder,
In denen es nur um das *eine* geht.
Ich möchte leben beim Oleander,
Der dort vor jeder Hausschwelle steht

Und der noch auf den neuen Balkonen
Der Hochhäuser in der Heimat ist.
Nur daß mich Deutsche im blauen Süden
Nicht einer braucht und keiner vermißt.

Heimkehr von Struga

Für Tadeusz Różewicz

Nun bin ich in meinem traurigen Land.
Sehr traurig nach den Tagen
Im Süden. Sonst mag ich das Land
Und lebe da ohne Klagen.
Eine Weile: die Sehnsucht nach Sonne vergeht.
Es macht sich wieder. Und man versteht
Die einfachen Alltagsfragen
Der Leute. Man ist wieder frei

Von der billig verliehenen Größe.
Man haßt das poetische Marktgeschrei
Und kennt wieder seine Blöße
Und deckt sie wieder mit Worten zu
Und versieht sich mit neuen Häuten,
Die, abgelegt, eines anderen Tags
Vielleicht anderen etwas bedeuten.
Man zieht seine Spur im eigenen Land,
Ohne sich umzusehen.
Manchmal denkt man an einen, den man verstand.
Und dann denkt man: er wird dich verstehen.

Brief aus Gagra

Sie haben hier einen Himmel
Lila und abends leicht irr.
Die Stadt: eine Brosche aus Gablonz.
Die Bucht bunt von Lichtergeflirr.
Morgens watscheln die Möwen
Wie Enten über den Strand.
Sie suchen nach Vegetabilien
Im bei Sturm überfluteten Sand.
Sie sehen domestiziert aus
Und wie inventarisiert.
Merkwürdig, wenn eine Möwe
Das Möwesein verliert!
Es verliert ja alles die Ursprünglichkeit.
Da ist nichts zu machen: Das ist eine Fabrik,
In der Bräune erzeugt wird und Liebe auf Zeit
Und südliche Nacht mit Maschinenmusik.
Die silbernen Augen der Mädchen,
Die mannlos gekommen sind,

Werden nach wenigen Tagen
Entweder beschlagen und blind
Oder sie triumphieren:
Freundinnen sind entzweit.
Doch die heute das Glück verlieren,
Verlieren das morgige Leid.
Die federnden Körper der Burschen
Gehen synchron mit den Wellen.
Unfaßbar wie die Bewegung,
Mit der die Wasser schwellen.
Die Leiber suchen die Leiber.
Und eine Seele glaubt, sie ist gemeint.
Die alte Geschichte: heut Mädchen,
Morgen Frau, die weint.
All diese Banalitäten,
Bijouterie und Konfektion ...
Und doch hat unter den Städten
Auch diese *ihren* Ton.
Die Kehlsprache der Abchasier
Und ihr verächtlicher Blick,
Mit dem sie die Fremden ausschließen,
Man spürt ihn im Genick.
Sie leben beständiges Leben,
Das flüchtige Menschen blicklos vergißt
Und die Zeit am Triebe der Reben
Und an den Trauben mißt.

Märchen

Einmal im Leben habe ich
Ein vollkommnes Gehäuse bewohnt.
Im *Biser-Hotel* am Ohridsee.

In den Farben des Märchens: Schnee,
Ebenholz und Blut.
Weiß waren die Wände, das Holzwerk war schwarz,
Die wollene Decke war rot.
Schwarz war der hölzerne Gitterbalkon
Und von Geranien rot.
Der Raum war auf meine Seele gestimmt.
Klar war er. Einfach. Nichts
Überflüssiges. Der See
Warf in ihn Wogen Lichts.
Ich war allein. Kein zweiter
Betrat den Raum. So bleiben
Hätte ich mögen eine lange Zeit.
Ich wußte: hier begänne ich zu schreiben,
Von mir und von der Welt befreit.
Ich würde Quader setzen aus den Worten:
Weiß gegen Schwarz. Schwarz gegen Rot.

Man bleibt nicht an vollkommnen Orten.
Und schreibt aus Zwang und in der Not.

Mýkonos

So unberuhigt wie ich bin
(Die Nerven wie vom Eisenkamm gestriegelt)
Fällt mir nichts Heitres in den Sinn:
Ein trüber Teich, der nicht mehr spiegelt.

Die Welt ist schön und nicht nur Schein.
Auf ihr sind auserwählte Orte.
Mýkonos sehn und selig sein!
Im Leib und im Organ der Worte,

Das luft- und lichtempfindlich ist
Und spielt bei starken Lebensfarben
Und das der Rost der Gräue frißt,
Wenn unsre Sinne nördlich darben.

So will ich mir die Inseln malen,
Die weiß dem blauen Meer entsteigen
Und als gefüllte Rosenschalen
Sich in den Schaum der Brandung neigen,

Wenn Abend wird und Rauch von Flechten,
Die man verfeuert, meerwärts zieht ...
Und unwillkürlich in den Nächten
Des Südens wird das Wort zum Lied.

Eichengrün

Eichengrün. Anderes Grün.
Kein deutsches Grün. O kaukasische Eiche.
Auswärts von Gagra, der lieben Stadt.
Der ich Gesuch um Vergebung einreiche,
Weil ich einst aufschrieb, was mich da kränkte:
Ich schrieb über ein mir mißliebes Bild.
Aber ich habe zuwenig geschrieben,
Was mir da mild
War: die seidenen Tage.
Der große Rundhorizont überm Meer.
Nächtlich alte Zikadenklage.
Und vor allem die Eiche, die schwer
Wie ein Felsstumpf am Hügelhang steht.
Vom Reisigrauch aus den Gärten umweht.
Wo alte Mütter mit Heiligenhänden

Leben glätten und Zeit abwenden.
Unter der Eiche kam mir eine Alte nah,
Wie es einst meine Großmutter war.
Sie ist an mir vorübergegangen.
Und ich habe ihrem Geruch nachgehangen.
Ihre Röcke rochen nach Backrauch von Brot.
Und nach Sonne roch ihr verwittertes Haar.
Sie war schon so alt und ist vielleicht tot.
Doch sieht sie mir nach über Tag und Jahr
Wie sie mir nachsah. Ich war ihr fern
Und fremd: eine bleiche Verneinung
All ihres Lebens. Doch steht sie für mich
Im Dunkel der Eiche als Lichterscheinung.
Eichengrün. Kaukasisches Grün.
Kein deutsches Grün. Das ganz und gar andre.
Gegen das die geborstenen Lehmerden glühn.
Über die ich im Wind der Erinnerung wandre.

Sie

Die launische Tochter der Logik,
Die Poesie, das willkürliche Kind,
Läßt sich beliebig von Freiern umschwärmen,
Bespringen von jedem Wirbelwind.
Sie läßt sich umbuhlen von Narren und Weisen.
Jedem leiht sie ein lächelndes Ohr.
Aber zur Liebe läßt sie sich hinreißen,
Wirft einer ihr röchelnd die Perlen vor,
Die er getaucht hat vom tiefsten Grunde,
Entraubt hat seinem Innenmeer.
Zurück bleibt die Muschel mit klaffendem Schlunde.
Der schließt sich über der Leere nie mehr.

Kolo

Soll ich gehen, soll ich nicht?
Ein paar Tage südwärts fliegen,
Unterm makedonschen Licht
Ohne meinen Schatten liegen?

Wird es mir noch mal gelingen,
Deutsche Häute abzustreifen
Und beim *Kolo* mitzusingen,
Ohne etwas zu begreifen?

Wenn ich in den Spiegel spähe,
Sage ich mir: laß es bleiben!
Schließlich kannst du aus der Nähe
Dichtend in die Ferne treiben.

Du hast alles schon genossen
Und gesehen und geliebt.
Deine Jugend ist verflossen.
Wohl dem, der sich drein ergibt.

Wie ich so vernünftig denke
Und bewußt Entschlüsse fasse,
Tauche ich in meine Schränke
Und probiere, ob er passe,

Den verwegen roten Rock,
Den ich letztes Jahr getragen.
Und ich denke: mit dem Stock
Sollte man dich Alte schlagen.

Die Brücke

(Zeitweil habe ich das Gefühl,
Ich muß ein Destillat aus mir treiben.
Druck muß erst sein. Dampf muß erst sein.
Dann aber muß er fallen. Kühl
Muß man den Rückschlag, das Wort, hinschreiben.)
Grüß euch, Freunde, am Ohridsee!
Ob ihr mich wohl in Struga vermißt?
Ihr trinkt heut Wein, ich trinke Tee.
Wie es bei Krankheiten üblich ist.
Wär ich nicht krank, ich wäre mit euch
Kokons von Dichtern, die in euch stecken,
Und redete rauschhaft närrisches Zeug,
Nur um ein wenig Nähe zu wecken
Und über die Ferne hinwegzutäuschen,
Die einen Dichter vom anderen trennt
Und durch den Nebel von Reden und Räuschen
Im Auge des Freundes feindlich entbrennt.
Es gibt keine Brücke. Es kann sie nicht geben.
Ein jeder von uns lebt in Einzelhaft.
Doch ist unser ganzes Dichten und Leben
Nur dazu gut, daß es Brücken schafft.

Moravani

Gegen der Sonne über.
Bei Odermennig und Mohn.
Bei Rotklee, bei Weißklee. Und drüber
Der Nachtigallen Ton.

An solch einem blauen Morgen
In Moravani zu sein!
Für nichts als ein Gärtchen zu sorgen:
Sieben Handtücher klein.
Und Hühner haben und einen
Weiß marmorierten Hahn
Und wissen: ich habe keinen
Schritt von dem Wege getan,
Den *Gott* mir vorgeschrieben,
Als er mich leben rief …
So wird er mich *ewig* lieben,
Wenn meine Zeit ablief …
Indessen Kirschbäume pflanzen.
Mit den Früchten zu Markte ziehn
Und feiertags singen und tanzen:
Das freut und lobet ihn!

O Einfalt des Reisigrauches,
Der abends das Dorf durchzieht.
Waschblau des alten Gebrauches.
Auf Spindeln gedrehtes Lied.

Und auf dem Hügel liegen,
Geliebt, bepflanzt und beweint –
Über siebzig hölzerne Stiegen,
Wo früher die Sonne scheint

Als im Dorf – die ehrbaren Toten:
Manželka Amalia und *er*,
Und *sein* Wald sendet fliegende Boten,
Tannsämlinge, zu ihm her.

Der Horizont ist umfangen
Von Bergen. Ein reiner Kreis
Aus durchsichtig blauen Volangen,
Wenn es Mittag ist. Dunstig und heiß.

Am Zaun ranken Feuerbohnen.
Bald kommt ihre rote Zeit.
Dann in Moravani zu wohnen!
Aber ich bin dann schon weit.

In einer alten Stadt
Nach Hermann Hesse

Ich bin in Kazimiercz gewesen.
Ist eine alte Stadt.
Ich hatte von ihr nie gehört noch gelesen,
Daß sie Häuser der *Wiedergeburtszeit* hat.
Eins heißt *Zum Heilgen Christophorus*
Und erzählt die Legende vom Kinde schön.
Und unter der Stadt fließt der Weichselfluß,
Der hat die frommen Erbauer gesehn
Und nicht gesehn. Die Wasser sind
Vorübergeflossen. Vorbei.
So wie der ewig vergängliche Wind
Singt um die Klerisei,
Die über der Stadt auf Dauer steht,
Geschlossen zum weißen Quadrat,
In dessen Grashof ein Brünnlein geht
Und dient den Amseln als Bad.
Eine Katze kam mönchisch gemessen einher.
Arglos. Tötung im Sinn.
Das Gemäuer war von Geschichte schwer.

Zeit ging über uns hin.
Doch hab ich da auch die Unschuld gesehn:
Einen schwebenden Hirsch aus Holz.
Ich wollte weinen, so war mir geschehn.
In eins fielen Demut und Stolz.
Tereza kaufte uns Weizenbrot,
Einen ritterlich blanken Hahn,
Der schrie: ihr Mädchen, macht mich nicht tot,
Ihr Kinder, tut mirs nicht an!
Dann bin ich aus Kazimiercz gefahren
In Abend und Ebne hinein.
Im schwarzen Kleid eine Frau bei Jahren,
Wie eine Gestalt aus Stein,
Auf hohem Balkon am neuen Haus,
Das nackt vor der Ebene stand,
Sah in ihr vergangenes Leben hinaus.
Und Schatten fiel über das Land.

Sabah

Neunundsiebzig Rosensträucher
Habe ich in meinem Garten.
Allerlei vertrackte Sorten:
Über-Unter-Nebenarten.

Nicht mal weiß ich, wie sie heißen.
Ich bin keine Gärtnerin.
Doch die Namenlosen reißen
Mich zum Namengeben hin.

Porzellanenweiße Schöne
Mit den morgenroten Rändern,
Rein wie erst gedachte Töne:
Nicht in südlich reichen Ländern

Habe ich dich je gekannt!
Erst mein träumerisches Mühen
Ließ aus unserm armen Sand
Morgenröte auferblühen.

Morgenröte sei der Name!
Sabah will ich sie benennen!
Neunundsiebzig Rosenseelen
Solln in meinen Namen brennen.

Welle

Ich antizipiere den Tod.
Das Eingehn ins eigentlich Sein.
Ich hatte schon so ein Todesgrauen,
Nächte von solchem Außermirsein,
Daß meine Haare mir sternwärts standen,
So zog mich der Sog ins saugende Nichts.
Bis rasend die Ängste zu Wirbeln sich wanden.
Urnebel. Dann: Geburt des Lichts.

Jetzt weiß ich: Sterben wird morgendlich sein.
Ein Heben der Welle ins gleißende Meer.
Eintauchend werde ich: »Leben!« schrein.
Denn nun tötet mich keiner mehr.

Strahlung

Die Leute meinen immer, Gedichte
Werden aus Worten gemacht
Und sind nichts weiter als Lebensberichte,
In Reim und Rhythmus gebracht.
Dabei sind Gedichte unsichtbare Wesen,
An die wir manchmal streifen.
Was wir mit unseren Augen lesen
Ist nicht mehr, als was wir begreifen
Von einem Rätsel, das Strahlung heißt
Und ewig bewegt ist in sich
Und das uns aus unseren Bahnen reißt
Und schleudert dich gegen mich.
Was sind schon Worte? Worte sind leicht.
Das Leichteste auf der Welt.
Und mit Worten allein hat noch keiner erreicht,
Daß die Zeit in den Raum einfällt
Und stehenbleibt und geht nicht mehr
Vor und nicht mehr zurück.
Gedichte sind Antimaterie. Schwer.
Monolithisch. Wie der Tod. Wie das Glück.

Beweis

Schöne schöne Liebe. Im Juni der Rosen
Wer sagt nicht mehr jung
Heiß beieinander liegen
In der weißen Dämmerung.

So gibt es doch Glück. Wer hat
Es uns anders gesagt.
Der Beweis des Glücks findet statt
Zwischen dir und mir bis es tagt.

Heliotrop

Am Ende

Gleichzeitig dem, daß es einfacher wird,
Was zu sagen wäre: es lebe das Licht!
Rankt sich zur Kunst das Wort im Gedicht,
Von der zu einfachen Wahrheit beirrt.

Ich lebe. Ich sterbe. Es lebe das Licht.
Gebt Frieden. Laßt mich das Lebensbrot essen.
Ich hab es noch nicht zu Ende gegessen.
Ja, wäre denn das, vor der Kunst, ein Gedicht?

Am Ende wird alles zu einfach zum Sagen.
Am Ende heißt reden überhaupt schweigen.
Und selbst mit Blicken die Richtung zu zeigen
Ist schon so falsch wie die Antwort auf Fragen.

Der Morgen, der Abend, der Tag und die Nacht.
Der Frühling, der Sommer, der Herbst und der Winter.
Der Mensch ist verletzlich. Der Tod hat die Macht.
Gemalte Kulissen. Und Dunkel dahinter.

Doch vorn ist das Licht. Es lebe das Licht!
Überhaupt ist es gut, in der Sonne zu leben.
Und Worte braucht es dabei nicht zu geben.
So einfach am Ende wird das Gedicht.

Furchtlos

In dieser Welt zu leben,
Die so gewalttätig ringt und schreit
Vor Haß und Hunger, Lüge und Leid,
Und sich drüber hinwegzuheben,
So daß man vertrauensvoll sprechen kann
Zu einem Kind: das Leben ist gut,
Ist eigentlich mehr, als man leisten kann.
Dazu gehört ein Über-Mut
Oder Glaube, den ich in nichts besitze.
Ich fürchte des Wahnsinns Vernichtungsblitze.
Und doch sage ich: Das *Leben* ist gut.

Bald

Das kurze rhythmische Rutenpfeifen
Der Rabenschwingen beim Überflug ...
Das eine Paar, das die Gegend trug
Vor zwanzig Jahren, schien nur zu schweifen
Für einen Sommer in unsren Gefilden ...
Nun könnten sie schon Flugketten bilden,
Die Wotansvögel, die Zeus uns gesandt!
Starräugig spähn sie ins liebliche Land
Und rufen einander, was sie da sehen.
Und unberufen kann keiner mehr gehen
Durchs Wiesenoffne zum bergenden Wald.
Die schwarzen Raben knarren: bald
Und kalt und bald und Wintersnot,
Wird sein ein eisig Morgenrot
Und knirschend Schnee und schneidend Luft.
Und ringsum noch alles September und Duft,

Den Sonne sommernd der Erde enthebt
Und der vom toten Kieferngrün lebt,
Das den Boden bedecket. So sagen sie wahr
Und spähen voraus ins wandelnde Jahr
Und lassen uns nicht im Zeitlosen schweifen ...

Das kurze rhythmische Rutenpfeifen.

Vor Ostern

Die Birkenreiser sind seidig
Im Licht des Märzes. Krokusse blühn
Gelb. Violett. Die Böschung am Zaun
Zeigt ein neues Grün
Seit heute mittag. Abend weht
Schneidender Wind. Wenn nur nicht Ostern
Schnee niedergeht
Und löscht die Farben des Frühlings aus
Und treibt uns zurück in Enge und Haus.
Anstatt daß Sonne die Seelen entfaltet.
Mit ihrem Speer die Knospen aufspaltet.

Zeit wird es längst, daß auch wir wieder blühn
Aus den im Winter gespeicherten Mühn.

Deutsch-deutsch

Wie hätte ich denn ahnen sollen,
Als ich begann, Gedichte zu schreiben,
Daß nun so viele sich an mir reiben
Und andre versuchen, ihr Spiel zu treiben
Mit mir, die Dichtung nicht wollen,

Nicht Dichtung, sondern verwertbare Sätze.
Sie pressen Tendenz aus der Poesie.
Und plötzlich erklären sie mich zum Genie
Und beugen vor mir das kritische Knie
Und weisen auf die oberen Plätze

Im ihnen hörigen Dichterhimmel
Und bitten mich, darauf Platz zu fassen!
Ich kann diese plötzlichen Gönner nicht hassen,
Doch solln sie ihr Wohlwollen von mir lassen,
Samt Weihrauch und Reklamegebimmel.

Ich bin ihnen niemand und nirgendwo.
Sie irren sich, wenn sie mich namentlich nennen
Und glauben, meinen Glauben zu kennen.
Ich kann mich vom *Laut* der Worte trennen
Und bin doch in mir der Worte froh.

Denn das ist innen, was mir geschieht.
Die Zeit der Harmlosigkeit ist vorbei.
Was man mir sagt, ist mir einerlei.
Umlärmt von Parteiung und Fehdegeschrei,
Singe ich stumm mein menschliches Lied.

Aprilmorgen

Wenn man Glück hat und Augen, kann man ihn sehn,
Den Vogelhahn mit der feurigen Brust.
All seine ziehende Sangeslust
Schmettert er aus in den schwankenden Höhn
Der Riesenkiefern am Seeabhang.
Er drillt sein ziependes I zum Gesang.

Schleifend und schwingend, mit idiesem Laut
Singt er Licht, bis der Himmel erblaut
Und leuchtet ihn aus, daß die Federbrust brennt
Und ihn als Flamme vom Kieferngrün trennt ...
Das Flämmlein züngelt weiter im Lied:
Es ist ein Morgen, an dem nichts geschieht.
Nur Licht in den Kiefern. In den Kronen schon Licht,
Während die Stämme noch Schatten umflicht.
Alles Land ringsum wird von Spechten vermessen,
Sie morsen Revier um Revier als besessen.
Und immer noch zieselt der Rotkehlchenhahn.
Doch plötzlich unterdröhnt ihn ein Schwan.
Ein einsamer Schwan fliegt über den See,
Gewaltig, orgelnd. Wie immer tuts weh,
Ihn zu sehn und zu hörn. – *Generalbaß* erklang,
Memento zu Rotkehlchens Lebensgesang.
Und weiter zieht es das Licht in sein Lied.

O Morgen April, an dem Es *geschieht*!

Jugend

Der junge Dichter mit dem spöttischen Mund
Hat mich so höhnisch angesehn.
Ich sah nur im Vorübergehn
Seinen Knabenschädel geschoren und rund
Und dachte (da ich eine Mutter bin,
Dachte ich voller Erbarmen):
Söhnlein ihr armen,
Ihr glaubt noch, daß ihr unsterblich seid
Und nur die alten Mütter müssen vergehen ...
Und werdet, auch ihr! jongliert von der Zeit

Und stürzt eines Tags. Ihr werdet schon sehen …
Indessen Heil! Eurem Hohne Heil!
Und dem Hunger auf die unteilbare Welt,
Der eure Kindergesichter entstellt!
Ja, treibt nur euren Wortekeil
Ins träge Hirn, bis es ergellt
Und endlich greift, das ist gemeint:
Unfrieden maßlos Lästerung.
(Und niemand hat ihn gern zum Feind.
Der Dichter ist so schön und jung.)

Stern

Wenn es denn sein müßte, würde ich gar
Drogen nehmen, nur um zu *dichten.*
Schwerer wird es mir Jahr um Jahr,
Mich auf den Stern des Gedichts auszurichten,

Den Nordstern der dichtenden Meeresbezwinger,
Der sie in die Ferne die Fremde zieht.
An den Mastbaum gekettet, mehr Wächter als Singer,
Heulen sie gegen den Meerwind ihr Lied.

Und nur das ist die Wahrheit: nur unter Zwang,
Und nicht, um ein flüchtiges Mütchen zu kühlen,
Wird aus dem Urlaut aufs neue Gesang:
Wenn wir den Tod und die Freiheit fühlen.

Ich fühle sie und fühle noch Lust
Und brauch keine Drogen, um Land zu verkünden:
Ich sehe im rosigen Morgendust
Reine Ströme in friedliche Weltmeere münden.

Lichthorizont

Einundfünfzig, ich gebe mir noch eine Frist
Von neunzehn Jahren, wie leg ich sie an?
Mit Wiederholung des immer gleichen
Tages und Lebens? Werf ich die Weichen
Herum und fahr andere Bahn,
Wenn auch die Strecke abschüssig ist?
Das sowieso und ist so wie mit den Jahreszeiten:
Im Frühling scheint es ein mähliches Gleiten.
Im Juni steht Zeit überm Lichthorizont.
Wir sind vom Gefühl der Dauer durchsonnt,
Denn eben erst will der Sommer beginnen ...
Auf einmal September. Frühnebel spinnen
Und Abendnebel die Tage ein.
Ists da nicht am besten, zu Hause zu sein
Und nicht auf fremden Wegen zu schweifen,
Wo Kälte und Regen nach einem greifen
Und man sich nicht erwärmen kann ...?
Was fängt man mit einundfünfzig noch an?

Wohl könnte man lieben, doch lächerlich,
Ein Bettel ist es, den Glanz zu begehren,
Das Meeresleuchten auf südlichen Meeren
So, Blendung und Täuschung, Liebe aufscheint.
Sei ferne von mir und bleibe verneint,
Auch wenn ich des Wunders gewärtig bin,
Einmal noch neigte sich einer hin
Zu mir und bejahte mich
Lächelnd. Mein anderes Ich,
Mein Mann, kanns nicht sein, er kennt mich zu gut,
Die Abstürze in Verzweiflung und Wut,
In Alter, Alltag, Alltäglichkeit.

Wir leben synchron in synchroner Zeit,
Die geht und vergeht im Geleise der Pflicht.
Ich aber sehne für mein Gedicht
Jenen Glanz herbei, der das Wunder braucht,
Und sei es vom Grund der Hölle getaucht ...
Als Dichter bin ich zu allem bereit
Für den Gewinn an gesetzloser Zeit,
Die stehen bleibt überm Lichthorizont
Und uns mit dem Duft von Dauer durchsonnt ...

Doch bedeutet das nichts. Die Vernunftperson,
Die mein Leben lebt, rechnet nüchtern: schon
Einundfünfzig Jahre gelebt. Und mit Dank
Und mit Glück: niemals ernstlich krank.
Und die neunzehn Jahre, die möglich noch bleiben,
Will ich mit freundlichen Werken vertreiben,
Und wenn keinen Glanz, so doch Wärme abgeben ...

Alles *Gesage*. Ganz anderes Leben
Will ich und will ich. Kein Zeithinbringen.
Leben mit Lust bis zum Selbstvergessen.
Daß man vergißt, seine Jahre zu messen
Und nicht mehr fragt: hat man Stimme zum Singen.

Will es singen aus einem, so singt man eben.
Ohne Schamgefühl, ohne Furcht vor Schande,
Ohne Weisheit und ihre blässenden Bande
Liebt man, wenns sein muß, stirbt man daran,
Doch vorher lebt man. Wann fang ich an?

Auch das ist es nicht. Was ich wirklich begehre,
Ist nicht Freiheit zur Liebe, ist Freiheit zur Zeit.
Unbelastet von der alltäglichen Schwere
Irdischer Pflicht, ohne Ballast bereit,
In jedem Augenblick zu entschweben

Mit dem Aufwind der Sprache ins gültige Licht.
Das ists, was ich wünsche: mein übriges Leben
Sei glimmender Zunder der Flamme Gedicht ...

Und doch weiß ich längst, mir wird nicht gelingen,
Mich jemals los und ledig zu machen
Vom Zwang des Alltags. Als die, die ich bin,
Werd ich, im Haß auf die niedrigen Sachen,
Lieder zu ihrem Ruhme absingen.

Einundfünfzig, ich gebe mir noch eine Frist
Von neunzehn Jahren, wie leg ich sie an?
Mit Wiederholung des immer gleichen
Tages und Lebens. Ich werfe die Weichen
Nicht mehr herum, ich fahr meine Bahn,
Wenn auch die Strecke abschüssig ist.
Das ist so wie mit den Jahreszeiten.
Im Frühling scheint es ein mähliches Gleiten.
Im Juni steht Zeit überm Lichthorizont,
Wir sind vom Gefühl der Dauer durchsonnt.
Denn eben erst will der Sommer beginnen.

September

Es ist so sehr September geworden,
Daß die Luft zwischen uns gefriert.
Glühende Rosen blühn noch im Kühlen.
Wenn ein Blatt seine Blüte verliert,
Geschieht es geräuschlos, wie ohne Bewegung,
Kein Wind, der das Blatt von der Blüte reißt.
Unsere Liebe ist ohne Sinneserregung.
Das Brünnlein tönt zögernd, als wär es vereist.

Dezember

Seit Tagen spar ich die Mitteilung auf,
Für den, der es wert wär: noch blüht eine Rose.
Schon fünfter Dezember. Zu flüchtig, zu lose
Ist die Bindung an jene, an die ich geschrieben.
Ich brauchte einen, um ihn zu lieben,
Damit ich entsiegle das magische Wort:
Schon Winter und schneit und die Rose blüht fort.

Sendschreiben an vier Freunde in zwei Ländern

Vergeßt nicht den Ahorn vom Triangelplatz
In Skopjes Altstadt, unter dem wir gesessen!
Theobaldy ging gleich drauf nach Kreta hin ab.
Und Jendryschik hätte zu gern vergessen,
Daß er aus Halle ist, und wär mit ihm gefahren,
Um endlich – nun ist auch er schon bei Jahren –
Das Land der Griechen mit Augen zu sehen,
Und nicht nur mit der Seele zu suchen …
An der Grenze würde ihm nichts geschehen.
Sein Paß war gültig … Die heimischen Buchen
Haben ihn wieder, wenn Buchen *sind.*
In griechischen Eichen äolischen Wind
Wollte er hören und hörte ihn nicht …
Unterm Ahorn in Skopje war schattiges Licht.

Roths Friederike, Mona Lisa Pascals,
(Pascal Gilevskis, der sie konterfeite,)
Ein güldenes Schnürl um den rührenden Hals,
Blau blickend wie die gebenedeite

Jungfrau, in Wahrheit gelehrt wie ein Biest,
Das Philosophen wie andre Romane ausliest,
Friederike aus Stuttgart, Werner Dürrson vom See,
Vom Bodensee, der wie Weihrauch was rauchte
(Seine Stiftzigarillos rochen narkotisch)
Und einfach Gesicht und Hände tauchte
Ins Wasser des Brunnens, den Skopjern *exotisch*,
(Wir hielten in einem Straßencafé)
Die träge saßen und träge sahen
Auf uns fahrige Fremde, drei Männer, zwei Weiber,
Dachten Dinge von uns, die nicht geschahen ...
Wir waren fünf egozentrische Schreiber

Und sympathetisch im Abschied verbunden.
War eine von den erinnerten Stunden,
Die man schon erinnert, wenn man sie lebt:
Der Wind schläft im Ahorn, der Brunnenstrahl schwebt ...

Gleich würden wir auseinandergehen
In verschiedene Länder, bei Gott sehr verschieden,
Und, möglich, einander nie wiedersehen.
Die Möglichkeit wurde, gesprächsweis, gemieden.
Vom Stolz Makedoniens ins Land gebeten
Zum jährlichen Sommerfest der Poeten,
Warn wir eine Woche zusammengewesen,
Und nachts hatten wir einander *gelesen*.
Zum Ende tauschten wir Bücher aus
Und nahmen sie mit dem Ahorn nach Haus.
Schieres Glück, Friederike, und Glückes Beweis –
Wir beide hatten so ähnlich geschrieben!
Die Tage in Makedonien flohn heiß.
Die Stunde beim Ahorn ist stehengeblieben.

Vergeßt nicht den Ahorn vom Triangelplatz
In Skopjes Altstadt, unter dem wir gesessen!
Ich wage, Freunde, den einfachen Satz:
Wir *werden* einander niemals vergessen.

Heut

Für Günter Caspar

Die reine Wahrheit. Nichts als die Wahrheit.
Nichts als die Wahrheit reden, heißt schweigen.
Spricht man sie aus, wird zu jedem Satz,
Sowie man ihn sagt, sich ein Gegensatz zeigen.
Erinnern – Vergessen, Lieben und Hassen,
Freiheit und Zwang. Die Feindlichen lassen
Sich wahr nur mit einem Atemzug fassen,
Weil Leben vergeht und alles sich wandelt.
Und doch ist im Recht, wer redet und handelt
Und das Risiko des Irrtums nicht scheut.
Die reine Wahrheit: die Wahrheit von heut.

Einsicht

Als ich zwanzig war und Leben mir schwer,
Da dachte ich, es wird leichter werden.
Mit dem Alter kommt auch Weisheit her.
Einsichtig heiter auf ebener Erden
Werde ich wandeln, wenn Zweifel sich lösen
Und reinlich sich scheidet das Gute vom Bösen.
Und nun? Nun bin ich schon fünfzig Jahr,
Und Leben ist schwer, wies mit zwanzig nicht war.

Leibseele

Was ist, was war mit mir geschehn?
Wer hat es über mich vermocht,
Wie einem Kerzenleib den Docht
Mir meine Seele auszudrehn?

Ich habe schon nicht mehr gewußt,
Wer ich wohl bin und ob ich tauge.
Ein Dämon hat sein trübes Auge
Auf mich gestarrt mit übler Lust,

So daß ich starr geworden bin
Und konnte mich nicht mehr erheben.
Und: keinen Sinn hat unser Leben,
So murmelte ich vor mich hin.

Doch wie die Alten sich vorzeiten –
Von denen noch die Sage geht –
Wenn sie nicht löste das Gebet,
Mit Durst und Hunger selbstkasteiten,

So hab ich endlich mich seit Tagen
Auf karge Wasserkost gesetzt.
Hungernd begreif ich *Zeit*. Und jetzt
Vergeht mir auch das feiste Klagen

Um meine Seele. Um so mehr
Begreif ich mit dem Leib das Glück.
Ich eß vom Brot ein kleines Stück
Und in mir leuchtet es wie sehr,

Viel stärker als die alte Seele,
Die ich verlor an Furcht und Zorn,
Als Lichtkeim sprießt in mir das Korn
Und treibt als Lied aus meiner Kehle.

Ja doch

Für Hans Marquardt

Mitteilungen habe ich keine zu machen
Denn allbekannte: das Leben vergeht.
Doch gibt es dagegen versöhnende Sachen:
Daß Mai ist und abends die Sonne steht
Rot überm Fluß und die Möwen kreisen
Spiegelnd ihr Bild weiß mit Ringen ein …
Das Ganze soll überhaupt nichts beweisen.
Nur: angenehm ist es, am Leben zu sein
Und das Gerede vom Tod zu vergessen:
»Fünfundsiebzig zu fünfzig – das steht drei zu zwei.
Sie sind Fünfzig? Auch Ihnen wird Zeit schon bemessen!«
Ich hör nicht und spiele die Heitereitei
Und bin entschlossen: Ja doch! zu sagen.
Ja doch! und: Wenn schon! mein Leben vergeht …
Nur soll es geschehen in friedlichen Tagen,
Damit man mein letztes Wort auch versteht
Und kann es bewahren. Seis im Gedächtnis.
Sei es geschrieben als Spruch an der Wand.
Die Liebe zum Leben ist mein Vermächtnis.
(Hab ich seinen Sinn auch nur ahnend erkannt.)

Heliotrop

Der Tag des Heliotrop kam,
Wie immer die Tage des Glücks,
Unerwartet und mit des Segens Gewalt.
Die magische Blume aus den Gärten der Jugend,
Ich fand sie endlich und nun da ich alt.
Ihr Duft war zu mir aus Büchern gestiegen.
Ihre Farbe wurde von Dichtern vergleichend
genannt.
Frauen trugen heliotropfarbene Kleider.
Und die Erinnrung der Liebe
Blieb in den Duft ihrer Blüte gebannt.
Und immer hatte ich nach ihr gesucht
Und in Gärtnerbüchern nach ihr gelesen.
Doch war sie wie von Vergessen verflucht.
Als wäre sie nie und nirgend gewesen ...
Das schmerzte mich. Jedes einzelne Mal,
Wenn Vorzeitengärten in Büchern vorkamen,
Traf mich ihr Name wie schuldhafte Qual.
Als setzte die Pflanze in mich ihre Samen,
Stichelnd ins innerste Erdreich der Brust,
So schlich sich der Schmerz ins Innerste hin.
Doch auch die Süße empfangender Lust.
Nur bildlos blieb sie ohne zeugenden Sinn.
Denn weder Farbe noch Form noch Duft
Warn in den Büchern der Dichter beschrieben.
Ihr Name nur war in der zärtlichen Luft
Vergangener Sommer stehengeblieben ...
Und nun und nun und in diesem Jahr
Und an diesem Tag und im Belvedere,
Das sich die Weimarer Schöngeister schufen,
Wurde die Blume mir wirklich und wahr.

Ein heutiger Gärtner hat sie gerufen
Und in Quartieren zum Blühen gebracht.
Und die Blüte duftete südlich und schwer,
Wie die eine Liebe der einzigen Nacht.
Tiefblau violett wie in Veilchenduft
Wie in Fliederduft Vanille gestreut.
So klangs in der klaren Augustmorgenluft.
Und jäh warn mir alle Sinne erneut
Und atemjagende Lust fiel mich an:
Meine Dichter hatten mich nicht betrogen!
Der Tag des Heliotrop begann.
Und wurde zur Nacht als Liebe vollzogen.

Ende Februar

Es geschieht aller Tage nichts weiter als Regen.
Der hat das Resteis vom Seerand genommen.
Nun sind auch die Wasservögel gekommen,
Die zögernd die Lüfte mit Rufen erregen.

Die wilden Rosen am Seeufer perlen.
An roten Blattkeimen sammelt sich Naß.
Von rostigem Braun sind noch Schilfe und Gras.
Doch auch die Birkenruten und Erlen

Sind wie die Rosen mit Perlen besteckt:
Im milchigen Regenlicht silbriges Flimmern.
Vom nebelnden See her blindlinges Wimmern:
Des Bleßhuhns Schrei, der kein Echo weckt.

Aber die Amsel ist plötzlich zur Stelle,
Zeichen, daß eben der Abend beginnt.
Über dem Regen, der heftiger rinnt,
Singt sie den Wipfel der Kiefer ins Helle:

Ziehende Schnur aus tönenden Perlen,
Schwarzen und weißen, die fallen und steigen.
Unter dem Glanze aus Hallen und Schweigen
Nistet schon Nacht in den niederen Erlen.

Feder

Wie viele Tage, wie viele Wochen,
Vergesse ich, daß ich *Dichter* bin.
Ich lebe stumm und stier vor mich hin,
Beschäftigt mit Waschen, Kehren und Kochen.

Vertrödle Tage zu meiner Schande
Und rühre träge mit trübem Sinn
Vergangenheit auf ohne Zukunftsgewinn.
Kein Ufer winkt mir, an dem ich lande,

Zu landen begehre. Alles vorbei!
Wie lastet auf mir mein halbes Jahrhundert!
Doch eines Morgens erwach ich verwundert
Rauschhaft mit dem Gefühl, ich bin frei!

Und stürze mich in den Sonnenmorgen.
Hinweg, hinweg! Noch ein wenig freier!
Und richtig entfliegt auch der silberne Reiher,
Ein Gegenbild aller menschlichen Sorgen,

Dem Wipfel unserer nördlichen Zeder,
So nah über mir, daß sein Schwingenschlag rauscht.
Und lichtgrau, vom Fallwind zum Segel gebauscht,
Entfällt seinem Flug eine flaumige Feder

Und fällt mir zu. Kostbarer Fang!
Gewichtlos senkt er die Lebenswaage.
Ruhmvoller Tag von so reichem Ertrage!
Und möglich wird wieder der Große Gesang.

Mauersegler

Meine Seele ist ein Vogel, der keinen Schlafbaum findet
Und nächtlich kreist auf der Suche nach einem Geäst,
Das ihn vom Zwang zu fliegen entbindet.
Doch da ist nur die Nacht, da ist kein Nest.

Sie müht sich, geboren ein weißer Reiher,
Zu schrumpfen und Mauersegler zu werden.
Der *Fußlose* lebt in den Lüften wie die Fische im Weiher
Und braucht zum Schlaf keinen Halt auf Erden.

So ohne Rast, im Schwingen und Gleiten,
In der Spannung des Flugs über Tag und Nacht,
Entfliegt die Seele den flammenden Zeiten.
Die haben sie um den Schlaf gebracht.

Sprüche

Selbstbesinnung vorm Spiegelgesicht:
Innewerden tieferer Schichten,
Immer verborgen in offnen Gedichten:
Nächtliche Lust scheut nicht das Licht.

Ich ahne die Kräfte, die mich bewegen,
Den Widerspruch, der mein Leben treibt.
Ich werde darüber nicht Rechenschaft legen:
Etwas muß sein, das im Sprachlosen bleibt.

Wir sind einander die Schonung schuldig,
Unsere nackten Seelen nicht zu enthüllen
Und die Abgründe unserer Liebe geduldig
Mit Worten der Liebe aufzufüllen.

Das ist eine Leistung und Arbeit: zu leben
Und keine Kleinigkeit, allezeit
Einander Halt und Haltung zu geben:
Heilsamen Zweifel und Hoffnung bei Leid.

Wir wissen nur aufeinander zu,
Wer wir sind, und es braucht auch nicht mehr.
Das bessere Wort für ich ist du.
Unser Ich allein bleibt konturlos und leer.

Frühling

Der junge Hund frißt altes Gras
Und schleudert sich im Märzenwind
Dem ersten Mückenwölklein nach. Naß

War der Tag, von Gräue blind,
Aber verheißend. Stare pfiffen,
Zwar schüchtern noch. Ein Täuber schlug,
Wohl von der lauen Luft ergriffen,
Zum ersten Mal. Im hohen Flug
Zogen die Kraniche vorüber.
Ein Grünspecht trillerte im Tal.
Der Frühling rief: Fährmann, hol über!
Zum einen und zum andern Mal.
Das war auf mich gemeint, ich sollte
Ihn über unsern Bach geleiten.
So bin ich hin. Das Hündlein tollte
Mal links, mal rechts, mal mir zur Seiten.
Als er mich sah, ist unser Gast
Behende übern Bach gesprungen.
Und von des Sprunges Lust erfaßt,
Hat auch die Amsel laut gesungen.
Wär also alles alles da?
Star, Täuber, Amsel, Kranich, Spechte,
Und Mücklein auch? Und Glück wär nah?
Wenn man das wüßt! Gottdergerechte.

Mittsommernacht. Scenario

Die ideale Kulisse für Liebe:
Jasmin. Die Nacht ist licht und besternt.
Mittsommermittnacht. Gewölk im Azure.
(Rosen). Sie hat zu viel von der Liebe gelernt,
Um in der Kulisse noch Liebe zu spielen.
Sie ist zu alt für das Jugendstück.
Selbst wenn die Sterne vom Himmel fielen,
Brächten sie nicht jenen Zauber zurück,

Der Täuschung voraussetzt: Nichtwissen ist
Lieben.
Ahnung von etwas, das ahnbar scheint,
Weil Dichter Flüchtiges *dauernd* beschrieben
Und so, als wäre Verheißung gemeint ...
O wunderbares *scenario* der Liebe:
Jasmin und die lichte, die duftende Nacht.
Lautlos klagt sie (stumm heulende Trauer),
Wie die Erfahrung armselig macht.

Dank

Als ich an jenem schrecklichen Abend –
Du wurdest am Morgen darauf operiert –
Deine Hand ansah und schaudernd dachte:
Wenn diese Hand nun ihr Leben verliert
Und erstarrt? Da wollte ich sagen:
Ich liebe dich und vergesse dich nie.
Doch das war unmöglich. Nicht zu ertragen.
Ich legte nur meine Hand auf dein Knie.
Wir sprachen von harmlos alltäglichen Dingen
Und Büchern, die du dann lesen wolltest,
Wenn alles vorbei ist. Ich würde sie bringen,
Sobald du nach ihnen fragen solltest.
Mich würgte die ganze Zeit jenes Wort,
Das ich dir unbedingt sagen müßte,
Essenz unsres Lebens: Dank. Ich ging fort.
Das war wie Absprung von sicherer Küste
Ins offne Meer der Verzweiflung und Not.
Ich fühlte fiebernd, wie ich dich liebe
Und wie ich verwaist wäre mit deinem Tod.
Du hast es bestanden. Bist wiedergekommen

Aus dem Zwischenreich und lebst neu mit mir.
Jetzt kann ich es sagen: Mein Freund, mein Gefährte,
Ich liebe dich und: ich danke dir.

Frieden

Ich schlafe mit dir. Du schläfst mit mir.
Wir schlafen mitnander. Kindliches Wort,
Frieden: kein Wildern in fremdem Revier.
Ich nur mit dir. Du nur mit mir.
Die Welt ist ein bewohnbarer Ort.

Mohn

Des Purpurmohnes Blütenstaub:
Schwarz. Tod aus Schlaf. Aus Lust: Vergehen.
Zur Nacht fiel aus dem Flammenlaub
Der roten Blüte schwarzer Staub.
Und um die Blüte wars geschehen.

So liebten wir. Nur eine Nacht,
Weißt du es noch, war uns gegeben.
Wir nanntens Schicksal. Keine Macht
Half uns dagegen, eine Nacht
Mußte genügen für ein Leben.

Des roten Mohnes schwarzer Staub.
Wie Tod aus Schlaf, aus Lust Vergehen.
Zur Nacht fiel aus dem Flammenlaub
Der Purpurblüte Todesstaub.
Und um die Blüte wars geschehen.

Sternwind

Fibröses Befinden. Unruhe. Mond.
Mond im September. Der Abend ist weiß.
Von greller Helle.
Mich quält meine Seele.
Sie will sich ergießen in Worten. Heiß
Und kalt und klar wie das Licht.
Doch ohne Begriffe bleibt das Gedicht.
Nur Schluchzen und Schütteln. Sternwind weht.
Mond im September. Das Leben vergeht.

Analyse

All meine Liebschaften waren,
Die Wahrheit zu sagen, wenig erfreulich.
Warn Selbsthypnose als Heilverfahren.
Im Ablauf der Szenen lehrbuchgetreulich.
Das sag ich im Nachhinein, aus Distanz
Von Jahren, Jahrzehnten. Damals war
Liebe für mich *die* Lebenssubstanz,
Kern einer Frucht, den man sprengen muß.
Ich heiligte im Geheimen ein Jahr
Für einen sündigen nächtlichen Kuß.
Und lang bewahrt ich Erinnerung
Zärtlich an Flüchtige, die ich einst kannte.
Nun aber, weise geworden, unjung,
Ins Abseits des Lebens ergeben Verbannte,
Seh ich, daß sie nur Sinnbilder waren,
Symbolfiguren für Jugend und Glück.
Ich sollte an ihnen mich selber erfahren
Und sehne mir keinen mehr keinen zurück.

Lied

Zwei Tage noch und die Linde belaubt sich.
Drei Tage noch und der Flieder wird blühn.
Und wäre man jung, so fände man einen
Und würde blind sein an ihm und glühn.
So aber sagt man: die Linde belaubt sich.
Drei Tage noch und der Flieder erblaut.
Als wärs eine Weisheit. Ist aber nur Rede.
Und wird einem eng in der alternden Haut.

Treue

Mitleid – das ist die stärkere Liebe.
Erbarmen ist es, das uns erhält.
Wenn uns nur Sinnesentzückung triebe,
Wir wären verloren, denn jeder verfällt
Immer wieder der Jugend. So sind wir verwiesen
Auf Güte und Mitleid, um immerzulieben.
Nicht jene und jenen, nein diese und diesen.
Daß, der mich jung liebte, mich weiter werthält,
Dazu braucht es Großmut und heiteren Sinn
Und Einsicht ins Leben als Leben zum Ende.
Gefaßt gehn wir Alternden lächelnd dahin
Und halten in eins unsre welkenden Hände.

Das Lächeln des Dichters

Vor drei Jahren. Auch Herbst. In Belgrad, der Stadt,
Die Straßen mit alten Platanen hat.
Ich bin da allein gegangen
Und habe die Stadt in mir angefangen
Als Bild der Erinnrung. Damals hat mir
Vasko Popa eine serbische Tasche geschenkt.
(Spontane Geste des Hausherrn). In ihr
Ist von ihm, der an mich nicht mehr denkt
Und nicht weiß, wer ich bin, ein Lächeln bewahrt.
Ich hatte es bisher aufgespart,
Weil ich wußte, ein Tag würde einmal kommen,
An dem mir so kalt wäre und beklommen,
Daß mich nach einem Lächeln bangt,
Das mir einer gibt. Unverlangt,
Nicht Lohn und Antwort, nicht milde Gabe.
Das Lächeln Popas, das ich habe,
Traf mich als Zufall, frei von Meinung.
Und traf mich so wie die Erscheinung
Einer Königskerze, die einsam steht
Am serbischen Fels und vom Blühen geht
Ins Winterdasein als zähes Gestänge:
Menetekel der Zeit: Von solcher Strenge
Und Reife bestandener Jahre
Ist das Lächeln des Dichters, das ich bewahre
Und heut meinem kalten Gesicht auflege.
Er ahnt nichts. Und ist doch auf meinem Wege.

Dämmerung

Die Freunde sind verstreut.
Nicht nur in verschiedenen Ländern.
Wir wurden auch älter und mußten uns ändern.
Was hilft es, wenn man bereut,
Daß man dem einen noch traute,
Als man schon ahnte, er ist es nicht wert.
Schön war es doch, als man unbeschwert
In *eine* Zukunft schaute.

Nun sind die Wege für immer getrennt.
Zu Höflichkeit ist die Freundschaft erstarrt.
Und einer verübelt dem andern die Art,
Wie er sich zur Zeit bekennt.

Man ist einsam geworden und lacht nicht mehr
In lärmenden Nächten frei heraus.
Doch Erinnrung daran bewohnt unser Haus
Und macht manchmal die Abende schwer,
Vor allem im Herbst, wenn Dämmerung fällt
Und die Strenge des Lebens deutlich wird.
Und das alte Gefühl für die Freunde durchirrt,
Auf der Suche nach ihnen, die kältere Welt.

Schiomgwime

Den Freunden Nodar, Nico, Reso

Es rufen mich an die Oktobertage
Mit makellos wolkenlos glanzblauen Lüften!
Und endlich versteh ich den Ursprung der Frage:
Sie kommt von Georgiens Bergen und Klüften.

So war ja der Sonntag vor einem Jahr,
Da ich mit Freunden hoch oben war
In Schiomgwime, dem Felsennest
Gelehrter Mönche. Ein Lebensfest
War dieser Tag, an dem nichts geschah,
Als daß ich vom Berge in Täler sah,
Wo Leben der Neuzeit die Straßen befuhr.
Aber am Felsen war noch die Spur
Von lange vergangenem Leben zu sehn.
Die Zellen der Mönche. Nicht mehr als zehn
In dem zum Tal gerichteten Haus.
Die Galerie hing ins Tiefe hinaus,
Auf die die Kammern der Brüder führen.
Und wenn sie hier bei geöffneten Türen
Meditierten, war um sie die Leere
Des Äthers. Keine irdische Schwere
Drang an. Und es schienen die Zeiten
Lautlos zu münden in Ewigkeiten.
Die warn ein gesteigert georgischer Tag
Mit Freudenfeuern und Sphärengesängen.
Und nichts verhieß jenen Wetterschlag,
Der das Heiligenleben von diesen Hängen,
Wo es sich einst in Höhlen verbarg,
Hinfegen würde in alle Winde ...
Im Kirchengewölb noch ein steinerner Sarg
Und, lächelnd, die Jungfrau mit ihrem Kinde.

Rauch

Auf dem Kahlschlag schwelen Feuer seit Tagen
In der Humusschicht unterm Heidekraut.
Reisig und Strauchwerk sind abgetragen.

Nur noch Asche und Öde. Rauch, der blaut,
Zieht Fäden in die silbrige Luft
Des Oktoberabends und bitteren Duft
In die geruchlose Spätherbstkühle ...
Ich schüre den schwelenden Sand und wühle
Glimmende Glut zu Funken auf.
Stehende Flammen fallen in Lauf
Und Kiefernadeln und Kienzapfen an.
Es knackt und knistert ... Ich weiß nicht, wann
Ich zuletzt so glücklich war ...
Der bittere Rauchgeruch sättigt mein Haar
Und saugt sich ins Vlies des Wollmantels ein.
Und ich stehe im leeren Abend allein
Und bin frei und wunschlos und lebe gern.
Und über den Hügeln der erste Stern
Und ein Mond wie gedacht, haarfeines Horn.
Und die Lust hört nicht auf, sie ist immer davorn,
Wo der Rauch hintreibt mit dem eisigen Wind.
Und genauso fühlte ich damals als Kind,
Wenn Reisigrauch von Herbstfeuern trieb.
Und eines ist, was ich liebte und lieb.
Das Leben ein einziger Atemhauch.
Ziehend und fliehend. Von Feuern ein Rauch.

Herbst in Berlin

Ich habe das gern, in Berlin zu *sehn.*
Ich seh einfach gern in fremde Gesichter.
Ich habe das gern jetzt im Herbst, wenn die Lichter
Und Lampen im Zwielicht angehn.
Es gibt in der Stadt ein perlmutternes Licht,
Das im Umkreis der Neonlampen entsteht.

Türkis-violett. Auf einer Schicht
Weißen Silbers. Schön, wenn man geht
Vom Strausberger Platz zum Frankfurter Tor
Links der Allee. Vor
Den Blumenrabatten, die Baumreihen lang.
Da sitzen die Leute Bank an Bank.
Unfesche Leute. Einfach. Viel alt.
Doch auch Jugend viel. In purer Gestalt
Das Volk dieser Stadt hält Atempause.
Raucht, schwatzt und geht gelassen nach Hause.
Mit dem Licht in sich, das zu Apfelrot reifte,
Und dem Lächeln, an das man zufällig streifte,
Als ein schönes Mädchen vorüberging,
Das ein reiner Junge wie erstmals umfing.
Nicht auf herausfordernd offene Weise,
Sondern verlegen, lächelnd und leise,
Wie Liebe in Märchen von Andersen geht.
Und das Bild dieser Stadt, das die beiden umsteht –
Kulisse unbedingt glückhafter Handlung –
Geht vom Abend zur Nacht in die nächste Verwandlung.

Der junge Stendhal in Paris 1805

Mauserung des Genies:
Wie Staupe bei jungen Hunden.
Verletzlichkeit des häßlichen Mannes.
Geistreichelei über heimlichen Wunden,
Die Liebe schlägt. Diese Gier nach Liebe!
Die nicht käuflich ist, die den Geist erwählt.
Florettgeplänkel und Säbelhiebe:
Der Nebenbuhler wird ausgezählt
Im Tagebuch, mit Worten vernichtet.

Er weiß es längst, wie man besser dichtet.
Wenn er sechstausend *francs* Renten hätte,
Käme er los von der Schüchternheit
Und legte sich schreibend an die Kette.
Aber noch ist es nicht an der Zeit.
Er läuft in Salons, um bekannt zu werden.
Er übt sich als Mime, um sprechen zu lernen
Und studiert die natürlich-erhabnen Gebärden
Bei angealterten Bühnensternen.
Er liebt den Ruhm. Er will ihn erzwingen.
Er macht Projekte für Opern und Stücke.
Doch nichts will gehen. Nichts will gelingen.
Das weiße Papier widersteht voller Tücke
Dem Aufschwung des Herzens. Der fügt sich nicht
Zu Worten, die groß sind wie die Gedanken.
Er sieht nachts im Spiegel sein wildes Gesicht
Und kommt vom Anspruch ans Glück ins Wanken,
Der in ihm wütet: Weshalb ist er
Hineingeboren in diese Gestalt,
Die den Geist behindert? Plump und schwer
Warum? Welcher Dämon hat ihn in Gewalt
Und will ihn zwingen, einsam zu bleiben,
In der Liebe nie anders als glücklos zu sein,
Um rasend in Büchern von Liebe zu schreiben.
Und im Wortrausch vom Schmerz der Wollust zu schrein?
Könnte er tauschen, er tauschte sich um.
Er würde schlank sein und leichthin leben.
Jung sein und schön sein. Reich. Läßlich dumm.
Er würde die Qual seiner Seele drum geben,
Seinen einzigen Schatz. Er kennt seine Seele.
Sie ist größer als alle, die er sonst kennt.
Er lebt schon nach ihrem strengen Befehle.
Auch wenn ihn der Neid auf die Glücklichen brennt.

Trost

Täglich erreichen mich traurige Briefe.
Überall Krankheit, Verhängnis und Tod.
Daß ich nicht leichten Sinnes einschliefe,
Genügt schon der Freunde Bedrängnis und Not.
Und dann noch die große Bedrohung des Lebens:
Kriegswut. Das lächelnd gemeine Gesicht
Des Mächtigen, der, als wär alles vergebens
Gewesen, Waffen verspricht,
Bomben, die *sauber* sind, für den Frieden,
Für Freiheit des Geistes und *das*: Kultur.
Hat man auch jede Berührung vermieden
Mit eiferndem Haß, seine hämische Spur
Preßt sich ins Hirn und läßt uns nicht
schlafen,
Und wenn, sind die Träume von Ängsten
verzerrt.
Die Seele sucht zitternd ruhigen Hafen,
Doch ist jede Fluchtbucht von Schrecken
versperrt.
Tags heißt es wieder, ins Lichte zu sehen,
Mit Willenshilfe sich aufzurichten.
Es gibt nur den Satz: Es wird nicht geschehen,
Wir werden es zwingen, uns nicht zu vernichten.
Und Freunden Trost! Das Wort kann nicht heilen.
Es hilft nicht mehr als die menschliche Hand.
Doch kann es Gewißheit und Güte mitteilen:
Was uns in helleren Tagen verband,
Verbindet uns auch in Tagen der Trauer,
Bei Krankheit, Verzweiflung und jedem Verlust.
Wir bauen zwar alle nicht auf die Dauer
Und sind uns wohl der Vergängnis bewußt,

Aber wir wollen mit Kräften nicht sparen
Und ohne Furcht vor Verkümmerung geben.
Und trifft es einst uns, sind wir leiderfahren
Und können das Leiden mit Kraft überleben.

Beschwerde über das Verstummen der Brunnen von Piešt'any im Mai 1980

Die Brunnen springen nicht dieses Jahr.
Die Vögel können aus ihnen nicht trinken.
Was immer der Grund des Versiegens war,
Vielleicht, daß man Stromkraft am Wasser spar –
Denn daß die Wasser steigen und sinken,
Dazu braucht es energetische Kraft –
Der heitre Maitag ist stumm und erschlafft,
Und nicht nur Meisen, Amseln und Finken
Und türkische Täuber sind drum verlegen,
Die sich sonst labend am Wasser erregen,
Die Federn feuchten, die Kehlen kühlen –
Auch wir sind enttäuscht in unsren Gefühlen.
Denn wenn die wechselnden Wasser rinnen,
Läßt sich so gut übers Leben sinnen,
Und einverständig mit unserem Leben,
Mit all seinem Steigen, Fallen und Heben
Im Hingang zu unseren schwindenden Zielen,
Warn wir im Mai, wenn die Wasser spielen
Um einen Drehpunkt aus reinem Nichts
Vor ihrem Fall in die fließende Zeit.

Und sahen auf die Beugung des Lichts
Im raunenden Brunnen mit Heiterkeit.

Jedan dan

Für Izet Sarajlić

In Sarajevo, der *Liebesstadt*,
Der Stadt, die ich liebe, in der ich liebe.
(Was längst Vergangenheitsform für mich hat),
Hörte ich einmal ein kleines Gedicht,
Das ich ums Leben gern schriebe,
Geschrieben hätte, wäre es nicht
Längst schon geschrieben.
Es ging um Vergängnis, Leben und Lieben.
Ich habe es auf Serbisch gehört.
Freund Izet hatte es übersetzt
Aus dem Türkischen. Die Seele verletzt
Hat es mir dennoch. Der türkische Dichter –
Seinen Namen habe ich sträflich vergessen –
Buchhändler war er, berühmter, Richter
Der Zeit, die sein Leben umgab,
Das alternde Leben des gramvollen Zechers –
Doch liebten ihn viele. Die Jugend vor allem
Verehrte den trunknen Verehrer des Bechers …
Nicht, weil es antimoslemisch war,
Den Weingeist zu schätzen.
Sie liebte vielmehr den Übermut,
Mit dem der Alte in ätzenden Sätzen
Den Machtmißbrauch schmähte …
Ich aber hörte von ihm ein Gedicht,
Darin er besang, was auf Erden gut
Und einfach schön ist: Gras, Luft und Stein.
Und immer sagte er: eins ist das Beste.
Das Schönste von dreien kann eines nur sein …
So ging es dahin, sein getragnes Gedicht –

Auf Serbisch, von Izet – wie epische Mär.
Und klang so sangvoll sagenvoll schwer.
Und war am Ende der Erde gleich schlicht
Und einfach wie Gras und Wolke und Stein.
So endete das ersehnte Gedicht:
Eines Tages (jedan dan) wird der Tod (smrt) das
  Schönste sein.
Jedan dan – smrt je nailepša …
Die magischen Worte sind in mir geblieben.
Und ich wünschte bei meinem endlichen Leben
Ich hätte diese Worte geschrieben.

Licht

Ich will mich versuchen im Sehen des Blinden
Vermittels Gefühl, Geruch und Gehör.
Weil meine Sehkräfte sichtbarlich schwinden,
Frag ich mich: wenn ich sie wirklich verlör?
Was würde mir bleiben von sichtbaren Dingen?
Was wär meiner Seele für immer bekannt?
Daß, wenn die Amseln im Kühleren singen,
Es abendlich wird überm stilleren Land?
Und daß die Sonne die Wasser rötet,
Wenn Wasser da ist, ein Fluß, der fließt –
Die Wellchen von Schifflein aus Licht bebötet,
Ein Lichtschwalbenschwarm, der in Strudeln
  hinschießt
Und steht auf der Stelle. Es ist ja nichts weiter,
Ein gaukelndes Licht-, Wind- und Wassergesicht:
Die flüchtige Schönheit, Vergänglichkeit heiter,
Bis daß die Sonne hinwegführt ihr Licht …
Das würde ich sehen und sehen die Eichen,

Die in der Kindzeit am Feldweg gerauscht.
Und jenen Jüngling, den nächtlichen, bleichen,
Mit dem ich einst meine Seele getauscht.

Das

Mein Gott, mein Gott, das Leben geht,
Der Juni und die Jugend gehen.
Wenn man auch manches fast versteht,
Das wird man niemals ganz verstehen.

Atem

Prilep

Die Dunkelstunden mehren sich,
In denen ich nach Bildern grabe,
Die ich in mir versammlet habe
Und lösen sich und lösen mich,

Wenn ich sie zögernd wie beschwöre:
Ein Feigenbaum am Bergeshang,
Nah dem es makedonisch sang.
Und Sommer ist es, was ich höre

In Winternacht und Finsternis ...
War es denn erst vor einem Jahr,
Daß ich so tief im Süden war,
Und ist mir schon ganz ungewiß,

Daß ich jemals gewesen bin
Im Land der Türkentabaksblüte,
Die kraus und fleischig Scharlach glühte
Und zog sich horizontweit hin.

Da war ich frei in meiner Haut
Und war nur von Gesang besessen
Und wollte mich mit Dichtern messen,
Die nahe dem Olymp gebaut ...

Nun ist mein Leben wieder eng,
Unfrei von Liebe und von Sorgen.
Immer ist Nacht und selten Morgen,
Und auch die Abende sind streng,

Bis auf die lichten Dunkelstunden,
In denen ich nach Bildern grabe.
Es war in Prilep ... Und dort habe
Den Feigenbaum am Hang gefunden ...

Ruf

Ach dunkler Vogel wilde Taube
(Gebrüll aus Lust des Taubers Ruf
Der mir so oft schon Sommer schuf
Und ein Gefühl von grünem Laube
Wenn eben erst der Winter wich
Und scheu das erste Grün erblaute
Und Sonne mir die Seele strich:
Lichtfinger auf der stummen Laute
Die stumm den ganzen Winter war ...)
Mit deinem Ruf erglänzt das Jahr
Und es beginnt die Zeit der Zeiten ...
Nun will ich nicht mehr widerstreiten
Und hoffen hoffen wie ein Narr
Daß Liebe wieder möglich ist
Und auch mein Leben sich erneut.
Ach dunkler Vogel der du bist!
Ruf ruf daß mich die Lust nicht reut.

Atem

Wieder noch einmal ist Juni geworden.
Wieder noch einmal solch eine Nacht.
Halbhelle Nacht im halbhohen Norden.
Wieder noch einmal zur Liebe erwacht.

Wieder noch einmal das sichere Wissen:
Es gibt keine höhere Weisheit als Glück.
In einem Atem zur Lust hingerissen.
Das Leben bäumt auf. Der Tod fällt zurück.

Gesegneter Juni mit seinen Jasminen,
Holundern, Rosen und all ihrem Duft.
Wie winterlich alt wir uns eben noch schienen.
Und nun diese Juninacht! Lenzjunge Luft.

Sanft

Meine sanfte Wiese, von Enten wild überflogen,
Von Disteln umwuchert, von Nesseln besetzt,
Mäandrisch vom sandigen Bächlein durchzogen,
Das sommers sanfte Gesichter netzt
Dem Ehrenpreis, der am Wasser siedelt,
Blau blau, Vergißmeinnichte so blau!
Auf andere Art: wie die Heuschrecke fiedelt.
Auf andere Art: wie die Beeren aus Tau,
Die flüchtigen Küglein, dem Gras angehangen,
Sie spiegeln das liebliche Morgenlicht,
Einen Atem lang, eh sie zu beben anfangen
Und sanft vergehn am eignen Gewicht.

November. Entdeckung des Dichters Wallace Stevens

Was will ich jetzt noch? Leicht atmen.
Frei sein. Allein durch den Nebel gehn.
Und Worte eines Dichters bewegen,

Die in mir auferstehn
Berstend als freudige Flamme.
Knisternde Worte im Dauerbrand,
Vorzeiten im Fernen gefunden
Und heut von mir erkannt ...
Die sprechende Seele der Dinge:
Eine Hemlocktanne, ein Pfauenschrei,
Die singende Vogelschwinge ...
Der Grauganszug zischt vorbei
Über mir im Nebel die Vögel
Eine Wirklichkeit wie das wirkliche Wort.
Die Kiefer, benachbart der Birke,
Bestreut mit Goldlaub. Der Dichtung beständiger
  Ort
Ist, wo ich geh. Ich trage
In mir die Orte der Welt:
Die Nebelränder der Tage
Von leuchtenden Worten erhellt.

Dankbarkeit

Allmählich lern ich doch Dankbarkeit:
Ein Sonnentag, entgegen der Zeit.

Mitte November septemberlich,
Nachdem uns seit Wochen Nebel umschlich.

Welch festlicher Morgen, von Rauhreif
  verschönt!
Das Schilf am Bachrand knistert und tönt,

Wie die Starre sich löst mit gläsernem Laut ...
So hoch ist der Himmel von Tiefe erblaut,

Daß das Auge den Raum sucht, bis Sonne es sengt
Und schmerzhaft den Blick zur Erde verengt.

Da fängt er den Buntspecht im flammenden Flug,
Der eben die Nachricht vom Licht übertrug.

Er schlug Reveille am hohlen Geäst.
Zerblitzten Baumes bleichender Rest,

Des Rippe über den Kiefernwald starrt.
Dem Specht wird Antwort schnell, hell und hart.

Licht, Licht! klingts über das Sonnental hin.
Und auch die Amsel erhellt ihren Sinn

Und singt für einmal entgegen der Zeit ...
Und ich erhörs mit Dankbarkeit.

Hoffnung

Vollkommen asiatisch der Nebelsee,
Der unter dem Dunst seine Insel spiegelt.
Ein Wölklein Atem wölkt auf, wo ich steh
Und seh, wie die Sonne den Abend siegelt:
Am Jenseitsufer der Kiefernwald,
Zwischen zwei Stämmen ist ihr Glutstück zu
sehn.
November noch frostlos nun dunkelt es bald
Und nieder werden die Graugänse gehn.

Im ernsten Gespräch falln sie allabend ein.
Nur eine, die krank ist, fängt gell an zu
schrein.
Sie kann nicht fliegen und haust auf dem See.
Wie bald werden liegen Rauhreif und Schnee
Auf den grauen Federn, dem rötlichen Schuh ...
Doch vielleicht bleibt es mild, und der See
friert nicht zu.
Und sie bleibt am Leben und wartet die Zeit,
Bis der Zug ihrer Brüder von Süden her schreit,
Und kann sich erheben und folgt ihnen nach ...
Es war die Hoffnung, die gell aus ihr sprach.

Lied stimmlos

Ich rufe den Vogel. Er folgt mir nicht mehr.
Der Vogel des Liedes fliegt nicht zu mir her.

Bin alt geworden. Das schreckt ihn so sehr.
Und ich lauf dem Vogel verzückt hinterher.

Als wär ich noch jung. Da war es nicht schwer.
Eine Rose. Ein Stern. Und schon flog er her

Und sang mir von Düften ein silbernes Meer.
Die Nachtigall war es. Und ich ging einher

In Liebe gewandet. Jetzt lieb ich nicht mehr.
Der Vogel der Liebe fliegt nicht zu mir her.

Südlich nächtlich

Der Nachtgeruch von Buchsbaum.
Der sengende südliche Duft,
Verflüchtigt sich in der Frühe,
Ebbt nur noch nach in der Luft,
Die sich erwärmt. Der schwüle
Wie Weihrauch schwelende Duft
Wird deutlich nur in der Kühle
Vom Nachtwind gefegter Luft.
So kennen ihn nur, die sich lieben.
Die durch die Nacht hingehn.
Vom Buchsduft zur Liebe getrieben.
Und wissen nicht, wie es geschehn.

Der Adler

Da aber, als wir Kasbegi verließen –
Wir stießen nach Tbilissi hin ab –
Sah ich den Adler den Gipfel umfließen ...
Daß ich den Adler gesehen hab
In diesem Leben, war Überfluß ...
Der Adler floß wirklich, war reine Bewegung,
Schien zweckfrei zu fliegen, ohne Erregung
Durch andere Lust als Lust nur am Licht ...
Ich sah ihn gleiten, sich neigen und steigen,
Wie mir die wirbelnde Fahrt das Gesicht
Wandte zurück, ihn noch einmal zu zeigen ...
Noch einmal noch einmal und wiederum
  Kehre ...
Der Blick nun begrenzt von getürmtem Gestein.
Der Himmel vor uns nun voll wolkiger Schwere.

Es ist Oktober und fängt an zu schnein.
Schneit auf die Büsche, die herbstlich rot brennen.
Frost hat die Blätter purpurn gebrannt.
Ich konnte den brennenden Strauch nicht erkennen.
Aber den Adler hab ich erkannt.

Novemberbild mit Tieren

Die Katze schleicht durch Buchenlaub.
Der Hund springt über Buchenlaub.
November ist. Das Laub ist rot.
Und Abend ist. Ist Abendrot.
Und beides Rot ist winterrot.
Die Hirten holn die Rinder ein.
Die Hunde kläffen Stein und Bein.
Gräßlich beginnt ein Reiher schrein,
Der schlief schon in der Kiefer ein.
Nun fliegt er auf ins Abendrot.
Taumelnder Flug. Wie in den Tod.
Der Tod trifft hallend in ein Reh.
Von Osten her droht schon ein Schnee.
Die Katze streunt durch Kiefernspreu.
Der Hund springt über Kiefernstreu.
Der alte Mond erscheint als neu.
Am Süderhimmel tritt er vor
Urplötzlich als ein goldnes Ohr
Aus violettem Wolkendust.
Und schwindet jäh. Wie nie gewußt
Und nie gesehn. Ein Entenkeil
Sirrt unterm Nichtmond hin. Als Pfeil

Östlich weist er zum Schwarzen See.
In seinem Richtschrei auch hängt Schnee.
Die Katze schleicht durch schwarzes Gras.
Der Hund springt über schwarzes Gras.
Das schwarze Gras ist kalt und naß.
Die letzte Rose leuchtet blaß
Im letzten Licht der Dämmerung.
Uraltes Porzellan mit Sprung,
Auf dem die Bildwelt längst verblich:
Ein Hund sprang. Eine Katze schlich.

Wintermond

Wenn ich zu keinem Liebsten geh,
So geht der Mond doch immer auf.
Von Ost nach Westen geht sein Lauf,
Wo ich ihn morgens schwinden seh.

Riesig geht er und dunkelrot,
Ein Kupfergong, des abends auf.
Früh bleicht sein kleiner Silberknauf,
Wenn östlich schon der Himmel loht

Vom angefachten Morgenlicht,
Das überm See im Schneedunst schwebt.
Mir ist, als hätt ich nie gelebt.
Oder erinnere mich nicht.

Nisami!

Man hat mir eine Sklavenseele eingebaut
Von Kindheit an: des Weibes Seele.
Die gibt in mir noch immer Laut
Und flüstert mir, was ich verfehle,
An Pflichterfüllung schuldig bleibe.
Kein Alibi gilt, daß ich schreibe.
»Aber das Haus ist nicht gefegt!«
Und wenn ein Dichter mich bewegt
Und ich ihm folge selbstvergessen,
Schreckt mein Gewissen mich: kein Essen
Gekocht! Ich überstürze
Mich in die Küche und erfinde,
Vermittels flammender Gewürze,
Speisen, an denen selbst der Blinde
Erkennt, daß er im Orient ist.
So gehts, wenn man Nisami liest
Und auf Basaren persisch handelt …
Hat man sich dann zurückverwandelt
Ins angestammte Weibsgeschlecht
(In einer Rolle Koch, Magd, Knecht)
Reuig, als ein geheimer Sünder,
Verbrühn als Folge sich die Münder
Mann, Söhne und die Küchengäste.
Und das Gewissen hat *Maläste*,
Weil es das nicht entwirren kann:
Bei Leibe Weib, im Geiste Mann,
Der gehn will, ohne Rechenschaft
Von seinen Handlungen zu geben.
(Ich sammle grade alle Kraft,
Die Sklavin in mir totzuleben.)

Märzlich

Je mehr ich schon sagte, desto weniger bleibt
  mir zu sagen.
Die Menge des Sagbaren ist *doch* begrenzt.
Oder nur so etwas noch: daß in den ersten
  Märztagen
Der Vorflutgraben erglänzt,
Der die Wiese durchsichelt im Lichte.
Die hohen Böschungen gilben noch gries.
Doch moosgrün am Grunde das dichte,
Das immergrünende Vlies
Der Wasserkräutlein. Lichtläuse,
Stäuben dran Mücklein hin.
Lichtblau ein Schneckengehäuse
Liegt leer, erfüllt mit Sinn
Als Trinkhorn des märzlichen Lichtes,
Als Kehle dem märzlichen Wind.
Mit dem der Sinn des Gedichtes
Endet und beginnt –

Freudig

Nur Mißgeschicke und Widrigkeiten.
Krepieren möchte ich manchmal schon.
Vor allem: ich höre nicht mehr den Ton
Aus jenen reinen Jugendzeiten.

Heut hab ich auf meinen Garten gesehn
Den menschenleeren sommerlich.
Holunder. Den eine Amsel durchstrich.
Sich ein paar Beeren beizudrehn.

So wird der Garten später sein.
So weltenfern und ohne mich.
Ich sagte freudig: Sonne, schein!
Aber das war schon nicht mehr ich.

Jenseits

Requisiten des Glücks: vollkommnes Vertraun
In die Güte des Menschen, mit dem du lebst.
Deine Kinder, wie sie vertrauensvoll schaun,
Wenn du sie ihrem Schlafe enthebst:
Die wehrlosen Haare, die arglosen Augen,
Ehe die Furcht des Geschlechts sie betrübt
Und sie die fremde Empfindung ansaugen
(Und sind noch nicht im Unglück geübt ...)
Requisiten des Glückes, die abgespielten,
Aus dem nie mehr zu erweckenden Stück,
Das wir für unsere Wahrheit hielten,
Als wir noch glaubten, Leben ist Glück ...
Jetzt heißt es, ohne Hilfen auskommen.
Auf der leeren Bühne, im grellen Licht.
Und auch das Rollenbuch fortgenommen!
Jetzt zählt das Wort, das man selber spricht
Mit welkenden Lippen, unschönen Zähnen –
Denn Alter ist häßlich. Wer sagt, es sei schön,
Lügt sich zurecht. Weder Lächeln noch Tränen
Können das Antlitz des Alters erhöhn
Zur Schönheit der Jugend. Die sanften Wangen,
Von jungem Gewebe straff unterspannt,
Verheißen Glück und erwecken Verlangen.
Und ist die Mechanik auch allzu bekannt,
Es ist eben Jugend, es ist eben Blüte,

Und unsere Jugend ist eben vorbei …
Requisiten des Glücks. Selbst jenseits von Güte,
Sag ich: Leben ist Leben, wie immer es sei …

Schwäche

Was ich mir wünsche, das kann gar nicht gehn.
Ich wünsche mir nämlich, die Zeit bleibt stehn.
Nicht darum will ich die Zeit anhalten,
Um nicht zu altern und zu veralten.
Ich will meinen jüngsten Sohn nicht hergeben,
Und weiß dabei doch, daß mir das Leben
Auch diesen lieben Jungen nimmt …
Ein Mädchen ist schon für ihn bestimmt
Und wird ihn mählich von mir entfernen …
Ich muß auch diesen Verzicht erlernen …
Umarm ich ihn heut und berühre sein Haar,
So fühl ich schon jetzt, als ob es einst war.
Ich fühle die Angst: das wird bald vergehn.
Und darum wünsch ich, die Zeit bleibt stehn.
Trotz aller Vernunft und kritischem Geist,
Der sich im Wortsinn männlich erweist
Und den ich geschärft hab in schwierigen
  Jahren:
Bin schwach, wie Mütter es immer schon waren.
Mein Sohn mein Sohn mein sehr lieber Sohn …
Nur keine Angst. Ich lasse ihn schon.

Piešt'any

Nachts, wenn die Slowaken singen
In dem Zufluchtsort der Lahmen,
Die aus aller Welt herkamen,
Um das Leiden zu bezwingen,

Nachts, wenn die Slowaken singen
Und mit Stampfen und mit Tanzen
Die Standarte Lust aufpflanzen
Und dem Weingott Opfer bringen,

Nachts, wenn die Slowaken singen
Und wir anderen nicht schlafen,
(Selbst das Abzählen von Schafen
Kann den Schlaf nicht näher bringen),

Nachts, wenn die Slowaken singen,
Muß man sich darein ergeben
Und sich freun an ihrem Leben
Und nicht laut auf Ruhe dringen,

Nachts, wenn die Slowaken singen
Und die Erdachse verschieben,
Wie sie tanzen, muß man lieben.
Nachts, wenn sie Slowaken singen.

Atem grün

Die Wege hab ich mit Spuren bestickt.
Die Landschaft mit Gedichten durchstichelt.
Auf alles hab ich mit Augen geblickt.

Wie die Mäherin Gras hab ich Worte gesichelt.
Im Tau der Frühe sanken sie hin,
Noch eben beim Leben, schon Duft von
Vergehen.
Der Gräser Vergängnis, der Worte Beginn,
So immer wieder wird auferstehen
Das Grün der Gräser, das Kieferngrün,
Das Grün der Erlen, das Grün der Tannen.
Doch nur durch Glücksrausch, niemals Bemühn,
Geschiehts, den Duft in Worte zu bannen,
Der welkendem Gras in Schwaden entsteigt.
Der grüne Atem aus brünstigem Leben,
Vom Mittagsschrillen der Grillen durchgeigt,
Läßt Himmel und Erde in Lüsten erbeben.

Jugend

Schwer atmend. Die Bronchien wie blind.
Und alles ruft: Jugend!
Der Bach, die Erlen, September, der Wind.
Gründe, die mir entfallen sind,
Und eine für gar nichts nützliche Tugend
Haben mein Leben einvernommen …
Und soviel Licht! Ist noch zu entkommen?

Trotzdem

Über den lieblichen Wolkenspielen
Des Winterabends (wie Locken aus Licht)
Unsichtbar zwischen noch spielenden Zielen
Jagt sich die Meute, die Schallmauern bricht,

Um sich im schwindenden Ton zu entfernen ...
Ihr Hallraum über der Erde ist groß.
Zwar reicht er nicht zu den erhabenen Sternen.
Doch uns läßt die lärmende Koppel nicht los.
So was soll werden. Man muß sich gewöhnen.
Und hört vorm Mond, wie Entenflug pfeift.
Und unter dem rasenden rollenden Dröhnen
Hat uns die Schwinge der Stille gestreift ...
Nur so läßt sich leben. Trotzdem muß man leben.
Und Leben ist Leben und wintert sich ein.
Den dämmernden Häuptern der Wolken
  entschweben
Feuchte und Frost. Und es fängt an zu schnein.

Weiser

Ich erfahre jetzt alles, was andre erfuhren:
Verluste überwiegen Gewinn.
Rasende Zeiger an wirbelnden Uhren.
Und doch schleppt die Zeit sich ächzend dahin.

Ich erfahre jetzt alles, was alle erfahren.
Alternde Liebe wird kümmerlich.
Wird schwerer um die Schwere von Jahren.
Und auch die Söhne verlieren mich.

Ich erfahre jetzt wieder, was ich früh schon
  erfahren:
Habe ich nicht als Kind schon gewußt:
Unterm Herbsthimmel stehen. Wind in den
  Haaren.
Abend. Kalt leuchtets. Das ist die Lust.

Zugvögel schneiden mit zwitschernden Schwingen
Zischende Schneisen in Finsternis.
Schreie wie Weiser. Gesetzliches Singen.
Das übrige alles ist ungewiß.

Sprachlos

Habe ich nicht schon immer gewußt
Oder habe geahnt: die wirkliche Liebe
Ist ohne Sprache und bleibt ohne Zeichen.
Hat keine Geltung und muß doch begleichen.
Kennt wohl den Schmerz, doch kennt nicht die
  Lust:

Die Liebe zum Kind, der Mutter zum Sohn,
Die einzige Liebe ohne Verblassen.
Doch wollte sie sehnlich in Worte sich fassen
Und sagen: ich kann meinen Sohn nicht
  entbehren!
Seht ihr dies Stümpflein Licht sich verzehren?
Ihr würde nichts werden als heiterer Hohn:
Vernunft, gute Frau! Nur Mut! So gehts allen!
Und einmal muß jede Mutter verlieren,
Und dieser ist dir nur der eine von vieren,
Und noch ist nicht Krieg, und er muß noch nicht
  fallen!

Gealtert um Jahre, um Jahre zerbrochen,
Viel Last liegt mir auf, und wie gehe ich
  krumm!
Mein Sohn hat den eisernen Pflichteid
  gesprochen.
Zu töten gelobt. Ich leide es stumm.

Atemlos (con sordino)

Ich habe keinen Atem mehr
Für jenes Wort, das einst hieß Liebe.
Von dir zu mir geht nichts mehr her.
Wir sind jetzt aneinander Diebe.
Wir stehlen uns das Leben fort,
Das liebe Leben, ach, mein Leben!
Nur einmal noch das schöne Wort
Mit Wahrheit sagen und erbeben.
Nur einmal noch im Taumel sein,
Berauscht, geblendet und gebogen,
In einer fremden Nacht allein
An einen fremden Leib gesogen
Mit diesem Übermaß von Glück
Und fühlen: es *ist* Liebe Liebe.
Dann hin und wieder gehn ein Stück
In fremder Stadt. Und Wind durchtriebe
Unter Platanen warm die Nacht.
Und weiß das Licht der Kandelaber,
Das Höhlen aus den Bäumen macht.
In dieser Nacht gibt es kein *aber* –
Wenn es nicht Liebe ist, weh mir!
Der mich umfängt, wird mich auch meinen.
Und nichts mehr zwischen mir und dir.

Tot ist die Liebe, um zu weinen.

Plötzlich

Plötzlich – nein, plötzlich geschieht es ja
  nicht.
Nicht plötzlich, allmählich schwindet das Licht
In dieser Winterdämmerung.
Plötzlich, und eben war man noch jung,
Ist man alt und von der Jugend verlassen.
Doch diese Gefühle Lieben und Hassen
Nachmals wie vormals Feuer brennen …
Vielleicht wär es not, sich von allem zu
  trennen,
Was gewohnt ist und ohne grünen Geruch.
Gewinn den Verlust, wär der lösende Spruch.
Fang noch einmal an, und seis für ein Jahr.
Versuch zu erinnern, wie das einst war,
Auf nichts gestellt in die Welt zu gehen
Und allem, was kommt, entgegenzusehen,
Nicht dem hinterher, was gewesen ist
Und das du mit trockenem Weinen vermißt.
Der Mond geht auf zu dieser Zeit,
Die Dämmrung leuchtet, und es schneit
Plötzlich. Nein, plötzlich schneit es nicht,
Schräg treibt schon Schnee im weißen Licht.
Frisch im Gefühle weht es hin.
Plötzlich ist Jugend und ich bin

Beschwörung

Wenn man so alt und so trüb ist wie ich
Und Brillen braucht und die Zähne tun weh,
Dann bleibt man am besten alleine mit sich

Und treibt allein durch den treibenden Schnee
Und beschwört sich Gestalten, die einen einst
kannten,
Als man wirklich war: ein freudiges Kind,
Dem von der Frostglut die Wängelein brannten
Und Füß und Hände zerfroren sind
Beim seligen Eifern in Schneedämmerungen,
Wenn Veilchenmond überm Schnee erschien …
Und haben wir schöne Liedlein gesungen,
Als Rosenwolken im Abendlicht ziehn …
Kalt kalt wars. Eisig. Eisheilge Zeit!
Ich hab ihr Gefühl innig in mir versteckt
Und heut, da es in der Dämmrung so schneit,
Mit allen Lüsten wiedererweckt,
Und bin verwandelt, bin wieder ich.
Ich bin das Kind, das keiner mehr kennt.
Nur alle die Kindelein missen mich,
Die so wie mich die Erinnerung brennt.

Chinesisch

Der erste Tag im Neuen Jahr
Ist finster wie der letzte war
Im alten Jahr und alles bleibt
So wie es war. Die Hoffnung treibt
Ein kümmerliches blindes Blatt
Das Gruftluft vorgeatmet hat
Und ohne Farbe ist. Ungrün.
Wie soll die Hoffnung daraus blühn?

Der zweite Tag im Neuen Jahr
Ist schneelicht und ist sonnenklar.

Und auf der Buche Kupferlaub
Gefüllt mit Schnee glitzt Güldenstaub.
Und Meislein flirren durchs Geäst
Das silbern Schneestaub rieseln läßt
Gestäupt vom Vogel Züzüzün …
Heut ist das Hoffnungsblatt schon grün.

Stille

Der Novembersturm ist vorübergerüttelt,
Hat Regen geschüttet, gewütet, geknüttelt
Mit den hölzernen Läden und Eisen geklirrt.
Und ich lag wach, in Gedanken verirrt,
Die lange Nacht, und es stürzt und stürmt,
Wetter auf schmetternde Wetter getürmt …
Und die Höhle aus Stille, in die ich mich
schmiege
Embryorund als ein Mögliches liege,
Geborgen, als könnt ich die Augen aufschlagen,
Wenn der Sturm sich verbläst, zu nur morgenden
Tagen …
Ach so schöne Empfindung, die so mild mich
umstreicht …
Mitten im Sturm ward mir linde und leicht,
Als ich dachte nicht mehr und hab nur noch
gelauscht,
Wie der Regenwind stürmt und der Sturmregen
rauscht …

Zuspruch. Mir

Mit kleinen Schritten, gemessen, gemessen,
Die Strecke Weges, die schwierig ist, gehn.
Das Schöne erinnern, das Schlechte vergessen
Und schweigend die Zeichen der Hoffnung
  verstehn.
Denn ohnedem ists nicht: die Graugänse
  schreien.
Im Finsteren Tausende auf ihrem Zug
Verliern das Gesetz nicht, sich schützend zu
  reihen.
Und führen die Hoffnung mit sich im Flug.

Täuschung

Eine leichte Umdrehung des Herzens
Im wolkigen Abend wie Möglichkeit.
Gleich ist November und kommt meine Zeit
Der Hoffnung auf etwas wie Hoffnung,
Auf Frühling wie Frühling, auf Lust wie
  Lust ...
Sekundenlächeln des Mondgnoms.
Und wieder von Wolken verrußt
Ist das Gesicht, ist das Lächeln ...
Und wieder glimpst es hervor
Aus Veilchenwolken. Ein Fächeln
Wärmlich täuscht Frühling vor ...
Und wieder die Herzumdrehung.
Die Feder im Innern zieht an.
Es gibt eine Auferstehung.
Wenn man dran glauben kann.

September. Seele

Das Regengeräusch meine Seele.
Septemberregen sonderlich geht
Sacht grün: Ein Knistern von seidenen Flügeln,
Aus denen dennoch kein Flug entsteht.
Bei offenem Fenster, geschlossenen Auges
Nur mit dem lauschenden Sinn erlebt:
Milliarden Libellen im Garten.
Das dringt in den Schlaf und die Seele erbebt.

Rot

Des Blutahorns Blätter im Mai
(Vorwurf den Rosen, die noch nicht blühen)
Schlagen die Bläue entzwei
Und lassen die Himmel erglühen.

Schmetternder Zweiklang. Gellend. C-Dur.
Das Auge allein kann den Wohllaut nicht
fassen.
Im Tränenschlunde und stockend nur
Der Atem kann ihn hinabröcheln lassen

Ins All des Lebens. Sauerstoff Glück
Durchpulst unser Blut. Lust schlägt zurück
Und Jugend Jugend die lange vorbei ...
Rotroter Ahorn im blühenden Mai.

Regen

Zärtlicher Regentag ohne Liebe.
Nur kleine Gesten der Freundlichkeit.
Dachten wir lange so lange Zeit,
Daß es für uns für immer so bliebe,
Wie es begann: Haut liebt die Haut.
Wissen wirs besser nun. Unvertraut
Ist schon das Begehren schweigend gescheut.
Rinnsal des Tages im Regen. Bereut
Sein die Stunden, die lieblos vergingen
Und daß wir uns zu selten umfingen,
Als die Liebe noch jung war und wir warn noch
  jung ...
Zärtlicher Regen Erinnerung ...

Luxus

Über den Bäumen zu wohnen
Und in die Kastanienkronen zu sehn,
Die mailich üppig in Blüte stehn
Und weiß ihre Spindeln im Morgenwind drehn,
Und Tauben durchgurren die Kronen
Der gleißenden Bäume, dunkel im Duft,
Und sphärisch erfrischt ist die Frühmorgenluft,
Und schön wird der Tag wie der Schwalbenflug,
Der schon Bögen aus Lust in die Bläue schlug,
So hoch, daß der Nachblick an Blendung
  zerbricht
Und ertrinkt im rieselnden Wasser aus Licht

V

Nun da mir alles sprachlos wird.
Die Welt mit mir nur stumm verkehrt.
Der hohe Himmel unversehrt.
Nur dann und wann von Licht durchflirrt,
Durchschnitten von zwei Möwenschwingen,
Von denen Licht spritzt wie von Klingen:
Zum V gebogenes Skalpell.
Der hohe Morgen ist so hell!
Mein stummer Tierblick saugt ihn ein.
Wiegengefühl. Anfang von Sein.

Leben

Gib. Gib!
Sprache, du Sphinx, spei die Worte aus!
Rätselnd und dunkel, Dämonenworte.
Spiegelnd und glatt. Eisgischtend kraus
Aus felsiger Quelle. Laß stürzen, laß brennen!
Wenn Worte wollen, brennt auch das Eis.
Laß mich in Worten die Wahrheit erkennen,
Die meine Seele lange schon weiß:
Das Leben ist diese Alte in Sorgen,
Die einsam am Platz in der Sonne saß.
Den Kopf in die Hände gestützt, das Antlitz
verborgen.
Ob sie erinnerte oder vergaß –
Es war eine Trauer, war herzzerreißend.
Die Sonne begleißte ihr steinweißes Haar.
Und um sie lustvolle Kindelein kreisend,
Berauscht vom Tag, der schon Abend war.

Fremde Kinder, die die einsame Alte nicht
sahen.
Und sie sah die leuchtenden Kinder nicht.
Beginn und Vergehn, die geschieden geschahen.
Und waren doch eins im glorreichen Licht.

Grün

Für Hermann Kant

Du liebes Grün, Brennesselgrün.
Die Nesseln grün am schwülen Tag,
Wuchernd wie sie den Weg umblühn,
Der hinterm alten Friedhof lag …
Links seine rote Backsteinmauer
Und rechts der schwarze Plankenzaun
Des Siechenstifts. Das hauste Trauer:
Ärmliche graue Witwenfraun.
Und schwarze Schnecken auf dem Wege.
Und Schöllkraut blühte schwefelicht.
Und von Holunder ein Gehege,
In das sich blauer Flieder flicht.
Und das Geheimnis Einsamkeit:
So klein und da allein zu gehn.
Und eine lange kurze Zeit
Allein in all dem Grün zu stehn.
Hoch überwölbt. Am Grund des Schlunds.
Der schmale Weg schloß oben zu.
Das war der Tag des ersten Bunds:
Ich und die Welt auf du und du
Im grünen Arm der Einsamkeit,
Vom Nesselatem angehaucht.
Am Wegesausgang stand die Zeit.

Das Kind ist anders aufgetaucht,
Als da es einging unbewußt
Ziellos und spielend diesen Gang ...
Groß war die Angst und groß die Lust.
Einmal. Und dann ein Leben lang.

Eins

Liebe – das war diese blaue Wolke,
Aus der am Abend die Amsel sang.
Ich hab es gehabt. Bewahr in mir Liebe.
Auch wenn der Sang der Amsel verklang.

Nun malt die Erinnerung Kehllaut und Bläue
Innen in mir, wo es Nacht ist und brennt,
Steigende Woge, stürzende Wolke,
Eines in eines, das keiner mehr trennt.

Traum

Ich träume Liebe. Liebe träumt nicht mich.
Niemandes Liebe träumt von mir.
Im Traum lehnt Leib an Leib. Das heiße Tier,
Die Lust, erwacht und schlängelt sich
Zu jenem Unerkannten hin.
Und Freude leidend weint die Seele.
Weil er er fühlt, daß ich es bin.
Und daß ich ihm seit immer fehle.
Und solche Seligkeit ist das!
So stark war Liebe nie im Leben.

Und doch gewußt, es muß sie geben:
Liebe so abgrundtief wie Haß.

Und nun da alles nicht mehr wird
Und mich nur noch im Traum beirrt.

Schlaflos

Die schlaflosen Nächte sind mir gegeben,
Um mein eigenes *heiliges* Leben zu leben,
Mein Sternenleben der Einsamkeit.
(Kein Plappern und Klappern im Mahlwerk der
Zeit.)
Nächte der Stille, um gründlich zu denken
Und die Sonde ins Innre der Bildwelt zu senken,
Die, unbeleuchtet, als Mond in mir kreist
Und mein Fühlen mit Unlust und Unruhe
speist ...
In schlaflosen Nächten erinnre ich mich,
Und Tote stehn auf und beleben sich
Und wandeln mit mir in der Jugendluft.
Und einer küßt mich beim Lindenduft
Unterm Blätterrauschen, wenn Abendwind weht,
Wo schwarzes Wasser in Wallgräben steht.
Und Krieg ist und ängstliche Lebenslust.
Und vorm Tod küßt er mich zwischen Hals und
Brust
(Mehr zum Hals hin). Jung duftet sein
nächtliches Haar.
Als er stirbt, ist der Knabe grad siebzehn Jahr.
Nun laß ich ihn nächtlich auferstehen
Und lasse ihn hin und widergehen

In mir. Das weiß ich erst jetzt:
Er hat mich für immer mit Liebe verletzt.
Nie wieder hab ich geliebt wie als Kind,
Nie mehr so beseligt, sinnlich und blind
Geantwortet wie des Knaben Begehren.
Vielleicht wars auch, um den Tod abzuwehren,
Der bleich im Baumschatten neben uns stand.
Am östlichen Himmel lohte schon Brand,
Als der Junge davonging. O Bitternis!
Zerrissen die Jugend. Unheilbarer Riß.
Von diesem Tod bin ich niemals genesen.
Und Leben ist nur ersatzweis gewesen.
Der Knabe war der Musik geboren.
Mit ihm hat die Welt ihre Stimme verloren
Und ich den Einklang von Haut und Haar.
Doch innen in mir ist er immer noch wahr.
Und die schlaflosen Nächte sind mir gegeben,
Um mein eignes und sein Leben zu leben,
Ein Leben lichter Möglichkeit.

Das kennt nicht Vergängnis und weiß nichts
von Zeit.

Poesie. Sie

Immer bleibt der Einlaß geheim
Zu diesem dunklen verwunschenen Garten,
In dem mich Worte der Stille erwarten:
Kräutlein, die süß sind von Honigseim,
Und Nesselworte mit sengendem Duft.
Wie sehn ich mich nach der betäubenden Luft

Jenes Gartens, der sich verschließt und
entschwindet
Bei jeder Bewegung, die gegen mich geht,
Und den außer mir kein anderer findet,
Weil er nur in mir und selten entsteht
Jäh als ein Duftstoß alles verschlingend:
Leben das bitter war, heillose Zeit ...
Wieder ist Morgen! Ich breche singend
Tränendes Herz und weiß nichts von Leid.

Mitternachtssee

Eine wiegt die andre Woge,
Und ein Herbes bindet beide
Und durchweht die Uferweide
Überm dunklen Wurzelsoge.

Ach wie silbern es da säuselt,
Ach es ist ein Mondeswehen
In dem Wasser, das sich kräuselt –
Aber keiner hats gesehen

Morgensee

So viel weiße Seerosen wie dieses Jahr
Hat der Waldsee noch niemals gesehen.
In der blühenden Brandung ein Wildentenpaar
Zu hören ist nicht zu sehen
Im schäumenden Weiß. Der Sommer querrt
Eintönig mit ihren Stimmen.
Der Tag ist schon früh so von Hitze verzerrt,

Daß nur hilft: ins Wasser und schwimmen
Durchs Rosengeschlinge, die Todesgefahr
Unsrer ängstlichen Kindheit: es reißt euch
hinab!
Ich treibe im Kühlen kühl Sonne im Haar ...
Wie schön, wenn es jetzt war, von Rosen dies
Grab

Die Verweigerung von Paris

Einsam wie ein Tintenfisch, der an Land ging,
durchschwamm ich Paris,
Durchschwamm ich die Straßen beim Platz
Odéon.
Schwell-Leib, von Wolken blau walmend
umflossen.
Niemand sieht mich, niemand hört mich, ich
schwimme davon
Zu den Vier Winden. Aux quatre vents ...
Da war eine Gasse, die träumend so hieß.
Ich hatte den ganzen Tag nichts genossen.
Und das im *Mekka der Esser* Paris!
Ich sah mir die anderen Meertiere an,
Die nicht wie ich die Straßen durchschwammen.
Sie lagen vor Speisen auf Tischen zusammen.
Beinchen und Scherchen und Schalen wie
Flammen.
Scharlach der Tiefe, den Glühlicht wundstieß.
Ihre herrischen maîtres in fußlangen Schürzen –
Ich fühle das alles mit wehen Tentakeln –
Die Langeweile mit Spottreden würzen

Und mich wandelnde Fischfrau mit Worten
bemakeln,
Wie ich schwimme vorbei, kann ein Landfisch
denn schwimmen …
Doch es muß nicht alles in *dem* Sinne stimmen
Wie das *Einmaleins* stimmt und die
Grenzkontrolle,
Bei der ich zweihundert Franken einzolle
Als Sicherheitsgeld und zurückzubringen
In das jetzt ach so ferne und finstre Berlin,
In das mich all meine Ängste hinziehn,
Denn *da* bin ich sicher, *da* weiß ich Bescheid,
Da gehn andre Uhren, da ist andre Zeit
Und ich bin kein Tintenfisch, alltäglich Frau,
Im Mantel aus Kordsamt, füllig schwarzblau,
Auf dem Wege von – nach und nicht ungewiß,
Und der Magen schreit nicht mit schrillem
Gebiß,
Ich soll in die griechische Küche reingehen,
In der natürlich nur Männer rumstehen,
Und soll um Auberginenreis bitten …
Wie hätte ich unter den Blicken gelitten!
Viel mehr als vorbei an dem backheißen Duft:
Auberginen und Knoblauch, Hammelfleisch …
Luft
Von Paris! Erster Abend in der *verheißenen* Stadt,
In der man mich Tintenfisch ausgesetzt hat.
Lonely. So einsam. *Seule pour moi.*
Rue Saint Sulpice jetzt. Rue Vaugirard.
Ich schwimme und schwimme. Da der *Jardin* …
Ich werde ihn morgen im Sonnenlicht sehen
Und, daß ich vor Sehnsucht nach Liebe
verbrenn,

Vor der Fontäne der Medici stehen ...
Doch jetzt ist Abend und wieder die Schlucht
Der Straßen hinter dem Platz Odéon.
Ich kreise im Bann des Hotels Michelet,
Der Octopus schlafgleitet so durch die See
Zu seiner Höhle im leuchtenden Meer,
Da kann er in seine Dunkelheit tauchen
Und aus dem Finstern ins Lichtere her
Mit trüben Blicken die Speisen behauchen,
Die visavis in der Glasvitrine
Méditerranée die Reichen verspeisen.
Ich hätte dazu sowieso nicht die Miene.
Und man sagte mir was, zur Warnung, von Preisen!
Doch brauch ich kein Geld, kann kostenlos trinken
Aus dem Wasserhahn, der Fisch ist im Meer ...
Erst nach Tagen erfahr ich, das Wasser ist schwer
Von Chlor und von Stoffen, die sinken.
In Paris kauft man Wasser in Trinkflaschen ein ...
Ich hab mich vergiftet in Mark und in Bein,
Nein, den Fangarmen, die die Straßen durchschwebten
Und saugten mich an die Dinge, die lebten
An mir vorbei, mit tastenden Sinnen.
Wie war ich bereit, mit Paris zu beginnen!
Doch es wollte mich nicht, es verweigert sich mir
Ich schwimm durch die Nacht als Rätsel, das Tier ...

x

Nun endlich hab ich das Maul aufgemacht
Und habe Worte ausgespien
In einer langen berlinischen Nacht,
In der durchs Zimmer Lichtschatten ziehn
Vom *Neon*, das die Allee überleuchtet.
Mein Zimmer im dritten Stockwerk ist licht,
Die Straße schwärzlich von Schneeschlamm
befeuchtet,
Und Autos zischen durch mein Gedicht
Nachts um drei, das Zimmer ist wüst überheizt,
Und ich kann nicht schlafen, erinnre Paris,
Das mit Verweigrung mich kränkte und reizt,
Weils meine Liebe als Stiefkind verstieß.
Es ließ mich nicht ein, verschloß mir die Tür –
Und bin doch durch seine Straßen gegangen …
Der Abend des Tintenfischs trist, ach dafür
Hat der Morgen danach mit Glück angefangen …
Ich ging in den Park. Jardin Luxembourg.
Leibhaftig bin ich in ihm gewesen!
Ich hatte mir über Jahre die Spur
Der in ihm wandelnden Dichter erlesen.
Etwas wie Weihe schien sie zu umfahn,
Wenn sie weilend unter den Bäumen da gingen.
Kastanien und Ahorn, die Rilke schon sahn,
Platanen, die säuselnd Gedanken auffingen,
Die, metrisch gemurmelt, lüftean stiegen:
Panther, Flamingo, Torso Apoll
Und dieser schmetternde Schlußsatz vom Siegen,
Den keiner von uns je erreichen wird/soll,
Geschweige obsiegen und doch: *überstehn* …
Ich habe mit eigenen Augen gesehn

Und Frieden gefühlt für zwei Vormittags-
stunden.
(Satt von *croissants* und *café au lait*.
Ich hatte die Nische beim Eingang gefunden,
Wo man Frühstück serviert im Hotel Michelet.
Und da schon begann das Augenblicksglück,
Das Freiheitsgefühl, und die Sonne schien,
Ich aß und sah weder vor noch zurück
Und ließ mich ins Frische des Frühmorgens
ziehn)
Nun schreite ich fühlend durch die Alleen,
Durchglüht vom Glanz noch sommernder Beete,
Geranien und Dahlien. Und meterhoch stehn
Zwischen den Farben verschiedener Röte
Leberbalsamgebüsche aus Blau,
Lavendelblau blühn sie bei uns auch zu Haus,
Doch sind sie nur fußhoch, ihr Kraut ist
grüngrau,
Hier blühen sie über die Dahlien hinaus,
Den Taglilien nah, die das Beet überschweben,
Rosaweiß, filigran, das bäurische Beet,
Pflanzenflamingos, die nur noch nicht leben,
Doch weiß man, wie lang der Flamingo starr
steht …
Schrieb das nicht der Dichter, der vor mir
hier ging.
Der kleine Herr R. mit dem slawischen Bart,
Der all sein Leben mit Worten einfing,
Durchdrungen vom Seinen, Herkunft und Art.
Und nie ging die Würde des Sinns ihm verloren,
Auch Einsamkeit war als Pflicht zu bestehn,
Und Ungeheuer, die sie ihm geboren,
Ließ er als Menschen im *Malte* umgehn.

Er entzog sich niemals, er überstand.
Sein Tod kämpfte blutsaugend gegen ihn.
Sein eigener Tod, gemalt an die Wand,
In Versen gewünscht, im *Malte* geschrien
Aus des Kammerherren gedunsenem Leib ...
Er hat auch dem Tode nicht nachgegeben,
Nicht Lindrung gesucht. „So ist es, so schreib!"
Nicht: eins ist der Tod, das andre das Leben,
Eines sind beide, und Leben ist gut,
Wenn Wahrheit bezeugt wird: „Was mir jetzt geschieht!"
Und noch dem entfärbten, fast farblosen Blut
Kräfte entziehen fürs Ende vom Lied ...
Und es war Frieden, so zu gedenken ...
Nach der Wandrung saß ich im Mittagsglast
Zwischen Einheimischen, die sich in sich versenken,
Ende Oktober ein Sommertag fast,
Und auf dem Becken der großen Fontäne
Ein kreisendes Segel, von Kindern vergessen,
Eine Ente aus Kunststoff, nicht königlich Schwäne,
Wie der Garten sie sicher vorzeiten besessen.
Doch Tauben sind da, ihre Allgegenwart
(Hunderttausende auf der Fabrik Pompidou),
Und Kindlein flattern nach Allkinderart
Den Vögeln nach und greiffassen zu,
Wenn die Tauben nickpicken. Sie büßen die Lust
Und stürzen aufs kleine bestürzte Gesicht.
Drei Schritt entfernt mit kupferner Brust
Kollert der Täuber im bronzenen Licht ...
Und immer noch eine, noch eine Minute,
Noch nicht gehn, noch nicht gehn, das kommt nicht zurück.

Meine Krankheit, an der ich innerlich blute,
Zu spät jetzt, zu spät, jetzt: der Schmerz ist
das Glück.
Keine Liebe mehr kommt mir, ich bin ja schon
alt.
Und so ist es gut, in der Sonne zu sitzen.
An diesem Ort, dessen Nam und Gewalt
Unter dem Sichtbaren magisch aufblitzen,
Wie sie mich trafen, als ich sie gelesen ...
Ich atme die Luft, und die Bilder gehn ein,
Die Frühere fanden: für immer gewesen.
Jetzt wird der Garten für immer so sein.
Wie ich ihn seh: als den einfachen Frieden
Eines Sommermittags, den ich hier fand,
Von allem und jedem durch Fremde geschieden,
In meiner Seele, dem eigenen Land.
Der letzte Gang zu der leisen Fontäne.
Unter Platanen der Graben aus Licht,
Zu dem das Geflüster der träufenden Träne
Stufe um Stufe stimmloser spricht ...
Vollkommen ist da der Himmel gespiegelt,
Bäume, Wolken, der steinerne Kai,
Taube, wie sie zur Tränke hinflügelt,
Nur ein Student, der liest, sitzt nahbei
Und hat den Schuh auf das Gitter gehoben,
Die Sohle des Schuhs ist im Wasser zu sehn
Neben den Fischen, die sonnegehoben,
Rot und golden im Wärmeren stehn.
Über ihnen ein Blättertreiben,
Gelb von Platanen, Ahornblatt braun.
Stille, Stille, zu bleiben, zu bleiben ...
Gehen zu gehn. Das Tor schon. Der Zaun

Sprache

Die Gnade kommt wieder. Das Wort kehrt zurück.
So groß sprech ich von mir: Erzwort der Väter
Gnade und Segen. Kein Luftwort wie Glück ...
Ich war in der Stummheit Verbrecher und Täter
Übelster Übel. Selbsthaß ist Sünde
Und brütet die übrigen Übel mit aus:
Gleichgültig Brechen der menschlichen Bünde
Ohne Vertrauen zu Heimat und Haus ...
Ausgesetzt auf die treibenden Eise
Meiner Sprachlosigkeit war ich zeitlos so lang.
Polwärts gerichtet ins Nichts ging die Reise.
Kein Vogel mehr war, der über mir sang,
Nicht die Schneeammer sang, nicht der Regenpfeifer,
Der die nördlichsten Lüfte glühend durchtönt.
Nun stößt das Wort als Adler als Greifer
Gnade auf mich herab und versöhnt
Mich mit mir. Zwar die Zunge zerbissen,
Und Blut entquillt dem eröffneten Schlund,
Doch der Knebel ist wieder der Kehle entrissen,
Und Liebe flüstert im Frosthauch der Mund.
Und südliche Winde erblühn von dem Worte,
Und sommerlich wehen Düfte mich an,
Entzaubert erwach ich, erlöst von dem Orte,
An dem meine Irrfahrt ins Eisland begann.
Mit einer Freiheit, im Grauen errungen,
Bin ich in mir und von mir befreit.
Ich habe den tödlichen Selbsthaß bezwungen.
Und Gnade kehrt wieder, das Wort und die Zeit.

Friede

Es goldet sich der Himmel wieder
Mit diesem Winterabendgold.
(Durchscheinend bleich.) Gehn Wetter nieder,
Schnee Kälte Wind, zur Nacht unhold

Oder ergreift der Mond der volle
Das Zepter und fleußt Frieden aus?
Aber das Wetter sei, wies wolle.
Wenn Friede ist in unserm Haus.